K.Nakashima Selection Vol.22

五右衛門vs轟天

中島かずき
Kazuki Nakashima

論創社

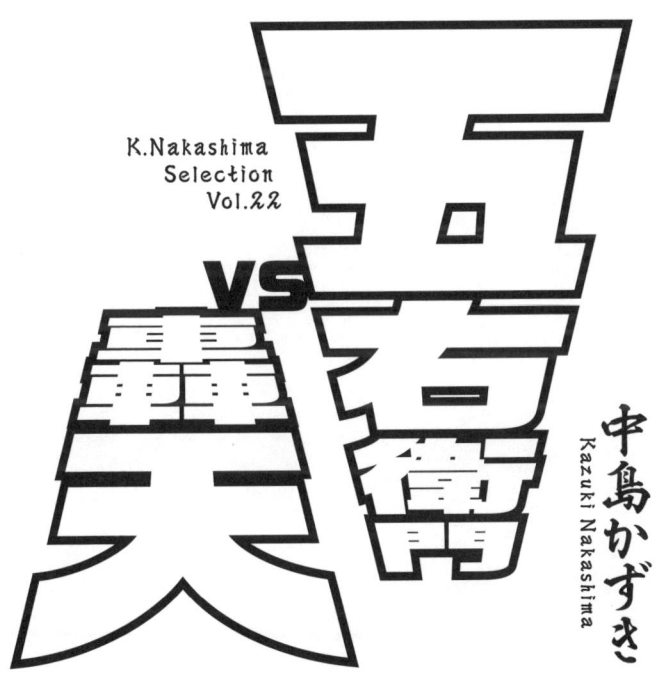

五右衛門VS轟天

装幀　鳥井和昌

目次

◉登場人物

石川五右衛門《いしかわごえもん》
剣轟天《つるぎごうてん》

【剣轟天の時代の人々】
アンドリュー宝田
セイント死神
カストロヴィッチ北見
Dr.チェンバレン
インビンシブル・ブラックキッド
クイーンロゼ・ゴージャス

【石川五右衛門の時代の人々】
真砂《まさご》のお竜《りゅう》
からくり戯衛門《ぎえもん》（宇賀地典膳《うがちてんぜん》）
ばってん不知火《しらぬい》
マローネ・ド・アバンギャルド

ネエコ・マケ
ダークナイト16《シックスティーン》
ブラックゴーモンの部下
スーパーインターポールの部下
インターポールダンサーズ

アビラ・リマーニャ
エスパーダ
紅蜘蛛御前《べにぐもごぜん》
鎌霧之助《かまきりのすけ》

人犬太郎《ひといぬたろう》
招鬼黒猫《まねきくろねこ》
死神右京《しにがみうきょう》
くれくれお仙《せん》
ふんどしと呼ばれる男
風谷《かぜたに》のウマシカ
ぬらくら森の悪ガキ1
ぬらくら森の悪ガキ2

前田玄以《まえだげんい》
はがね太郎
ひげ紋次《もんじ》
風魔忍者《ふうまにんじゃ》
ぬらくら森の人々
京都所司代捕り方たち

―第一幕―　ＧＯＧＯ轟天！　標的《タマ》を獲れ‼

【第一景】

音楽。ナレーションが流れる。

ナレーション　21世紀前半、極悪犯罪シンジケート、ブラックゴーモンはその勢力を拡大。全ての国家を超越した存在になっていた。

警官達を叩きのめしながら、ブラックゴーモンの幹部が次々に現れる。
軍服姿にステッキ風の計算尺を持つDr.チェンバレン。

ナレーション　悪の計算狂い無し、恐怖の電子計算尺。北米支部長、Dr.チェンバレン。

艶やかなドレスを着ているクイーンロゼ・ゴージャス。

ナレーション　鏡よ鏡、世界で一番悪いのは誰？　悪の女帝。ヨーロッパ支部長、クイーンロゼ・

ゴージャス。

身体にＤＪシステムを持つ無敵の若者、インビンシブル・ブラックキッド。

ナレーション　街を震わす殺戮のビート、今夜もお前を支配する。無敵闇ＤＪ。アフリカ支部長、インビンシブル・ブラックキッド。

ナレーション　60年代に流行したようなぴっちぴちのミニスカワンピース。右手にマシンガン左手にダイナマイト、腰のベルトに手榴弾。重火器装備の丸々としたギャングガール。ネエコ・マケ。

ナレーション　最新モードにぴっちぴちの腹。右手にマシンガン、左手にマイト。体型が手榴弾。歩く凶器準備集合罪。南米支部長、ネエコ・マケ。

さらさらの前髪に三日月剣を持つ剣士、ダークナイト16《シックスティーン》。

ナレーション　十六夜に煌めく三日月剣。美しき前髪こそ殺しの美学。アジア・オセアニア支部長、ダークナイト16。

警官達を一掃し、五人、ポーズを決める。

ナレーション　彼らこそ、ブラックゴーモンが誇る五大陸五大幹部。ブラックゴーモン潰滅のため組織された国際秘密警察機構スーパーインターポールも、彼らの暗躍により壊滅。世界は今、悪の色に染まらんとしていたのだ。

五人、幹部会を始める。

チェンバレン　今、ナレーションにもあったように、目の上のコブ、スーパーインターポールを潰滅させた今、我々ブラックゴーモンの世界支配も目前となった。

うなずく四人。

チェンバレン　だが、しかし、ただ一人、我々に逆らう者がいる。
ダークナイト　ほう。面白い。
クイーンロゼ　そんな身の程知らず、どこのどいつかしら。
ネエコ　かしら。

チェンバレン　それがこの男だ。

と、剣轟天の顔が映し出される。

チェンバレン　名前を剣轟天。風魔一族の末裔。奇妙な拳法を使う変態だ。
ダークナイト　確かにこの顔は変態以外の何者でもないな。
チェンバレン　だがただの変態ではない。かつてインターポールと協力してドラゴンロッカーズ、ブラックまむし団などの犯罪組織を潰滅させた。謎の宇宙人パンダラ星人の地球侵略さえ食い止めたという噂もある。
クイーンロゼ　ふうん、やるじゃない。
ネエコ　やるじゃない。
ブラックキッド　で、この男がなにを？
チェンバレン　我がブラックゴーモン直営の牛丼屋で食い逃げ、我がブラックゴーモン直営の路線バスで乗り逃げ、我がブラックゴーモン直営のおさわりバーでもみ逃げしている。
クイーンロゼ　せこいわあ。実にせこい。
ネエコ　実にせこい。
チェンバレン　確かにせこい。だが、我がブラックゴーモン直営店での犯罪行為を見逃すと、全世界に示しがつかない。

クイーンロゼ　待って。そいつは昔、いくつもの犯罪組織をつぶしてるんでしょ。何か企みがあるのかも。
ネエコ　あるのかも。
クイーンロゼ　（ネエコにきれる）ちょっとあんたさあ。
ネエコ　あんたさあ、って私？
クイーンロゼ　いちいち私の語尾をリピートしないでくれる。
ネエコ　してないよ。
クイーンロゼ　してるわよ、さっきから。
ネエコ　あら、無意識よ、無意識。
クイーンロゼ　おちょくっとんのか、われえ。
ネエコ　われえ。あ、ごめんなさい。
チェンバレン　くだらない口論はやめろ。で、この轟天という男だが。
ブラックキッド　やっちゃえばいいじゃん。やっちゃえば。
ダークナイト　ああ、邪魔者は消す。それがブラックゴーモンのやり方だ。
チェンバレン　よろしい。では五大陸幹部会は剣轟天の抹殺を決定する。ゴーゴーゴーモン！
五人　ゴーゴーゴーモン‼

と、五人、かけ声とともに敬礼する。

そこに部下の一人が現れる。

部下1　あのう、すみません。
チェンバレン　なんだ。
部下1　怪しい奴を捕まえました。
クイーンロゼ　怪しい奴？
ネエコ　怪しい奴？（と、復唱しかけてやめる）
部下1　下着泥棒です。
五人　え？
部下1　このアジトに忍び込んできた下着泥棒です。

と、部下2と3がブラジャーを握った剣轟天を引っ張ってくる。

轟天　ごめんよー、悪かったよー、わざとじゃないんだよー。たまたま散歩してたら、汗かいちゃって、「あー、なんかふくものないかなー。あ、タオルだ。ちょっと拝借」（と、ブラで顔をふく）それがブラジャーだっただけなんだよー。
ネエコ　あー、それ、私のブラジャー。
轟天　なにー！（膝をつき）しまった。このランジェリーソムリエと呼ばれたこの俺が。

こんなこんな不細工の下着で喜ぶとは。なんたる不覚なんたる失態。返せ、俺の昂揚を！　興奮を！　この興奮泥棒‼

ネエコ　泥棒はあんたじゃない！

ブラックキッド　ちゅうかお前もアジトに下着干すなよ。

ネエコ　多汗症なのよ。むやみに汗かくのよ、デブは。

クイーンロゼ　ちょっと待って。こいつ、轟天。轟天でしょ。

一同　え？

轟天　おう、俺の名は剣轟天。だが、俺に惚れても無駄だぜ。俺は年増は趣味じゃないんだ。

クイーンロゼ　じゃかあしわ！

ネエコ　そうよ、ブラックゴーモン五大陸五大幹部の紅一点、クイーンロゼのおねえさまに失礼でしょ。

クイーンロゼ　ゴージャスよ！　クイーンロゼ・ゴージャス‼

ネエコ　そそ、そのゴージャスに失礼でしょ。

轟天　紅一点って、じゃお前は。

ネエコ　私はかわいい服着るのが好きなだけ。好きなだけのおっさん。

轟天、愕然とする。

轟天　終わった。ランジェリーソムリエ剣轟天の人生が終わった。不細工ならまだしもおっさんだったとは。なんたる失態なんたる不覚。バカ、バカ、俺のバカ！
ダークナイト　じゃ、死んでそのバカ直すことだな。

と、三日月剣で襲いかかる。なんとかかわす轟天。

ダークナイト　ほう、かわしたか。下着目当てとは言え、このアジトにこっそり忍び込めただけのことはある。
轟天　な、なにしやがる。
チェンバレン　我らはブラックゴーモン。貴様は我らが直営店でただ食い、ただ乗り、ただ揉みを行った。
ネエコ　おまけに下着泥棒も。
轟天　そんな野郎の下着盗んで殺されるとは、そりゃあんまりだ。だが、身に降る火の粉ははらわにゃならねえ。いいぜ、かかってきな。

と、身構え気合いを入れる

ネエコ　うふーん。

が、ネエコの姿を見ると力が抜ける轟天。

轟天　だ、だめだ。あいつの下着のダメージがでかくて気合いが入らねえ。

と、幹部達の攻撃を受ける轟天。
轟天、ボロボロになる。

ネエコ　おわりね、女の敵。
轟天　くうう、開幕早々で出番はおしまいか。俺は楽でいいが、さすがに看板にいつわりありだぜ。

と、追い詰められる轟天。
そこに銃声。怯む五幹部。銃を持って現れるアンドリュー宝田とカストロヴィッチ北見。
二人ともスーパーインターポールのエージェントである。

宝田　その看板、俺達が守ってみせる。

と、銃撃。

ブラックキッド　貴様ら、インターポールか。
宝田　その通り。さ、轟天さん、こっちに。
轟天　助けてくれるのか。
北見　それが我々の任務でヴィッチ。
チェンバレン　ばかな、貴様らスーパーインターポールは全滅したと冒頭のナレーションでも言っていたはず。

と、男の笑い声が響く。冒頭のナレーションと同じ声だ。

ナレーション　ふははは、ふはははは、ふはははは。

マイクを持ったセイント死神登場。ナレーションは彼の声だった。

死神　まんまとひっかかったな、Dr.チェンバレン。ナレーションが正しいとは限らない。

あのナレーションは俺の仕業。インターポールが全滅したと言い切ってお前達を油断させる作戦だったのだ。
五幹部　ぬぬぬぬぬ。
死神　今のうちに剣くんを。
二人　はい。
死神　てい！

逃げる宝田、北見と轟天。煙り玉を投げる死神。その煙幕に彼らを見失う五幹部。

×　×　×　×

スーパーインターポールのアジト。
ポールダンス用のポールも立っているがそれと連動して機械が設置されている。
駆け込んでくる宝田、北見、轟天、死神。

死神　間に合ってよかったな、剣くん。あやうくブラックゴーモンの犠牲になるところだった。
轟天　……ここは。
宝田　スーパーインターポールの基地です。
轟天　俺がインターポールに助けられるとはね。

死神　長官のセイント死神だ。よろしく。
宝田　アンドリュー宝田です。アンディと呼んで下さい。
北見　カストロヴィッチ北見だヴィッチ。
轟天　危ない所をありがとう。じゃ。
宝田　待って、待って下さい。
北見　ただで助けたわけじゃないヴィッチ。
轟天　やっぱりな。（と、服の下からブラジャーとパンティーを引きずり出し、宝田に渡す）ほら、とっときな。
宝田　え？
轟天　こんなこともあろうかと、奴らからいただいてきた。なんとかゴージャスとかいう女幹部のだ。年増だが、まあ、それでこらえてくれ。
宝田　いやいやいや、いらないし。（と、突っ返す）
轟天　ふ。最近の若い奴は淡白だな。
宝田　いやいやいや。そういう問題じゃないし。
死神　剣くん。我々は女性の下着が欲しいわけではない。
轟天　なるほどな。確かに俺もそうだ。できれば生きた女性がいい。生のボンキュッボーンがいい。それはお前達の言う通りだ。だけど、だけどなあ。いないものはしょうがないじゃないか。だから今はせめてこれで、これで我慢してくれと言ってるんだ。

その俺の痛みがなぜわからない‼

と下着をつかみ呻吟する轟天。

死神　黙れ、バカ！　黙って人の話を聞け‼

死神の剣幕に黙る轟天。

死神　さっき君を捕まえた奴らはブラックゴーモン、世界を手中に収めようとしている巨大犯罪組織だ。それに対抗するため結成された我々スーパーインターポールも、奴らの殺し屋に次々に倒されて、いま残っているのは我々三人だけ。

宝田・北見　うす。

死神　残った基地もここ一つ。インターポールは潰滅していない、だが潰滅寸前なのは確かなのだ。

宝田　僕たちが倒れれば、もう奴らの犯罪は止められない。世界はブラックゴーモンの手に落ちてしまうのです。

轟天　ふーん。

宝田　あ、思いっきり「俺関係ないし」って顔してますね。

死神　だが、そういかない。剣轟天、奴らは君も狙っている。剣轟天抹殺指令がでた今、世界中の殺し屋が君を狙ってくるのだ。
轟天　えええ。

装置をいじっている北見。

北見　長官、ターゲット捕獲したでヴィッチ。
死神　この状況を打破する方法はただ一つ。剣くん、君にこの男を倒してほしい。

北見がスイッチを入れる。
と、石川五右衛門の映像が映される。

轟天　これ、誰？
死神　石川五右衛門。安土桃山時代の大泥棒だ。
轟天　あづちももやま？
宝田　今から四〇〇年前。豊臣秀吉の時代です。
轟天　え？
死神　我々スーパーインターポールが科学技術の粋を集めて完成した時間跳躍装置で、過去に飛んでくれ。
宝田　ええええ？
轟天　今映っているのは、五右衛門が生きている時代。時空間トンネルが彼との時代を繫いでいるんです。
死神　じゃ、過去に戻ってこいつを殺せと。冗談じゃねえ。俺は殺し屋じゃねえぞ。
轟天　殺せとはいっていない。君が会得した風魔流拳法の奥義を使ってくれればいい。
死神　まさか、お前、金轟玉砕拳《こんごうぎょくさいけん》を使えと。
轟天　ああ、そうだ。金轟玉砕拳で潰してくれ、五右衛門のタマを。
宝田　タマを……？
北見　ブラックゴーモンが組織されるには複雑な歴史的経過があります。でも、様々な事象を検討した結果、たった一人の男が子供を作らなければ、この巨大犯罪組織は存在しないという結論が出た。それが石川五右衛門。
死神　こいつが子供さえ作れなければ、あの悪の組織はこの世に存在しなくなるんでヴィッチ。
轟天　乱暴な話だ。だが、もうこれしか手はないのだ。
死神　ふざけるな。なんで俺がわざわざ過去に戻って男のタマをつぶさなきゃならないんだ。絶対にやだ。
　　　彼女たちが一緒でもか。

と、ポールダンスの衣裳に身を包んだ美女達、インターポールダンサーズが現れる。

死神　彼女たちはスーパー、インター、ポールダンサーズ。彼女たちのポールダンスエナジーが、君を五右衛門の時代に送り届ける。もちろん、一緒にタイムトラベルする。時間旅行の注意事項を、手取り足取り教えてくれる。

轟天　……手取り、足取り……。

死神　ああ、手取り、足取り。

轟天　やらせてもらう。（ダンサーズ達にチヤホヤと）君達名前は。僕、剣轟天。過去のことよくわからないからヨロシクお願いね。（口調を変えて偉そうに）さあ、始めようか、タイムトラベルを。世界の平和のために。

死神　そういうと思ったよ。

その時、銃撃。
マシンガンを持ったネエコ・マケが現れる。

ネエコ　そうはいかない。

北見　なに?!

と、クイーンロゼ・ゴージャス、インビンシブル・ブラックキッド、ダークナイト16、Dr.チェンバレンも現れる。

チェンバレン　なるほど。時間跳躍による我々の祖先の抹殺か。
ブラックキッド　インターポールも凝ったことを考えるねえ。
ダークナイト　でも、しょせん悪あがき。我らブラックゴーモンにかなうわけがない。
クイーンロゼ　さあ、とっととやっつけるわよ。なんかさっきからスースーして身体が寒いの。
北見　ふっふっふ。そうはさせないでヴィッチ。
宝田　ヴィッチ先輩！
北見　ここは俺が時間稼ぎをする。さあ、今のうちにはやく。こい、ブラック――。ふぎゃ！

と、台詞も言い終わらないうちにダークナイトの三日月剣に切られて絶命する北見。

宝田　……時間稼ぎにすらならなかった。

死神　剣くん、これをつけろ。

死神、轟天の腕に腕時計のような機械（タイムフック）を取り付ける。

轟天　なんだ、こりゃ。

死神　ポールダンサーズ、ダンススタート！

音楽が流れ始める。ダンサーズのダンス。轟天達を光が包む。

死神　跳べ、轟天。五右衛門の時代に‼

全員を輝きが包む。

——暗　転——

【第二景】

輝きの中『五右衛門VS轟天』のタイトルがでる。
はがね太郎とひげ紋次が現れて、メインテーマを歌う。
安土桃山時代。京の街。
走って逃げてくる真砂のお竜。
が、行く手を塞ぐ捕り方達。お竜、立ち止まる。

お竜　く。

と、京都所司代前田玄以が現れる。

玄以　そこまでだ、真砂のお竜。
お竜　前田玄以……。京都所司代わざわざのおでましとは、随分と大げさだね。
玄以　このあたりはわしの配下で囲んでいる。もう逃げられんぞ。

お竜　ふん。それはどうだろうね。
玄以　なにい。
お竜　いくら悪漢達が取り囲もうと、いい女は必ず天が助けてくれるもんさ。
玄以　悪漢ではない。わしらはれっきとした役人だ。
お竜　こっちからみたら、これ以上はない悪漢だね。
玄以　盗っ人猛々しいとはこのことだな。やれ。

襲いかかる捕り方達。抵抗むなしくお竜は捕まる。

お竜　く。
玄以　残念だったな、お竜。甘い戯れ言はこの前田玄以には通用せん。

と、そこに一人の飴売りが現れる。

飴売り　あめーい、あめ。赤、青、黄色、色とりどりの小飴だよ。お役人様も飴はいかがですか。
玄以　邪魔をするな。
飴売り　邪魔なつもりはありません。ただ、この世の中結構甘いと言うことを知っていただきたくて。

と、お竜を押さえている捕り方達を叩きのめす飴売り。

玄以　何をする、飴売り！

飴売り　飴売りじゃねーよ！

飴売り、変装を解く。
そこに現れる石川五右衛門。

五右衛門　天下の大泥棒、石川五右衛門様だ！

お竜　五右衛門！

五右衛門　前田玄以なんかに追い詰められるとは、腕が落ちたんじゃねえか、お竜。

お竜　大きなお世話だよ。

五右衛門　でもまあ、同じ盗っ人稼業。見逃したとあらあ、俺が闇稼業の笑い者になる。

玄以　ふん。女の前でいい格好しようと思っているようだが、そうはいかんぞ。お竜ともども捕らえてしまえ！

五右衛門　そうはいかねえはこっちの台詞だ。そう簡単に捕まる五右衛門様じゃない。

と、襲いかかろうとする捕り方達。

と、襲いかかる捕り方を打ち払う五右衛門。

そこに現れる死神右京とくれくれお仙。

右京　加勢するぜ、五右衛門。

お仙　さあ、かかっておいで、木っ端役人。

五右衛門　まてまて。いくら役人だからって、多少痛めつけるのはいいが、殺すんじゃねえぞ。盗みはすれども非道はせずが、この五右衛門の信条だ。

右京　わかってるさ。まだ、誰一人殺したことはない。死神とは名前ばかりの死神右京様だ。

お仙　生まれついての貧乏性、いらないものをもらって歩く、くれくれお仙とは私のこと。刃こぼれがもったいなくて滅多に人は斬らないよ。

お竜　大丈夫かい、こいつら。

五右衛門　昔は悪《わる》の手先だったが、まあ、こんな性根だ。そこまでひでえことは出来やしねえ。

右京　おう。五右衛門に出会って改心したよ。

お仙　同じ悪でも悪の上行く悪がいい。五右衛門、あんたについてくよ。
五右衛門　ま、そういうことだ。
玄以　ええい。お前達何をしている。相手は四人だ。数にまかせて押し切ってしまえ。
五右衛門　ふん。なかなか粘るな。だったら、あれを使ってみるか。おい、右京。
右京　心得た。

と、袖に引っ込み巨大な磁石をのせた大八車を押してくる。

玄以　うわわわわ！

と、玄以と捕り方達の刀が引っ張られ、みんな磁石にくっついてしまう。同時に玄以達に網が被さる。

玄以　な、何をする。
五右衛門　運動不足のお前らに少し駆け足させてやるよ。

大八車に乗っていた巨大なぜんまいを巻く五右衛門。

五右衛門　行け。

ゼンマイ仕掛けで大八車は自走する。玄以と捕り方はくっついたまま車と一緒に走り去る。

玄以　お、覚えてろよ。五右衛門！

と、袖に消える玄以達。

お竜　随分大仰な仕掛けだね。また戯衛門のからくりかい。

五右衛門　おう。どうしても使ってくれって頼まれてな。あいつのからくり好きもどうかしてらあ。

お竜　ま、それで命拾いしたんだから、文句いう筋合いでもないか。じゃ、どうもありがとう。またね、五右衛門。

と、さっさと立ち去る。

右京　おいおい、助けられたのにそれで終わりかよ。

お仙　義理を知らない女だねえ。
五右衛門　怒るな怒るな。すぐに戻ってくらあ。

と、懐から巻物を一本取り出すと、広げる。
お竜、すごい勢いで戻ってくると、五右衛門が持っていた巻物をひったくる。

お竜　油断も隙もないね。こそ泥みたいな真似すんじゃないよ。
五右衛門　するよ。俺、盗っ人だもん。
お竜　ふん。

と、立ちさろうとするお竜。

五右衛門　行く前にその巻物、中をみてみろ。
お竜　（広げてみて）真っ白じゃないか。五右衛門、あんたすり替えたね。
五右衛門　とんでもねえ。はなからそいつは真っ白だ。
お竜　そんなはずは。
五右衛門　疑うんならここで素っ裸になってもいいぜ。その代わりお前も脱げ。
お竜　やなこった。

お仙　あたし達も知らないよ。

お竜　わかってるよ、そんなことは。長いつきあいだからね。この男の言ってることが嘘かほんとかくらいはわかる。

右京　じゃあ、最初から白紙の巻物だったってことか。

五右衛門　お竜、こいつ、どこからいただいてきた。

お竜　……しょうがない。あんたの知恵を借りなきゃならないようだね。風雲寺《ふううんじ》の主柱《おもばしら》の中だよ。隠し戸棚が作られてた。

五右衛門　風雲寺か。なるほどな。よし。

お竜　どこ行くの。

五右衛門　からくり戯衛門だ。こういう仕掛けならお手の物だろう。

お竜　なるほど。あいつがいたね。

一同、立ち去る。

――暗　転――

【第三景】

からくり戯衛門の家。

人間が入るくらいの大筒を調整している男、この家の主、からくり戯衛門だ。

入って来る五右衛門とお竜、右京、お仙。

五右衛門　いるか、からくりの。

戯衛門　おう。五右衛門か。どうだった、磁石ぜんまい車は。

五右衛門　面倒な役人どもを一気に追っ払った。さすがはからくり戯衛門だ。

戯衛門　うんうん。

お仙　（大筒を見て）でっかい大筒ねえ。

お竜　またなんかよからぬものをこさえてるの？

戯衛門　ただの大筒ではない。長距離輸送砲だ。

五右衛門　なんだそりゃ。

戯衛門　この大筒に人間を入れて吹っ飛ばす。駕籠よりも馬よりも速く目的地に到着する。

右京　そんなことしたら、地面にぶつかってお陀仏だろう。
戯衛門　そのためにこれを入れる。

と、桶をしめす。

右京　なんだ、これ。

右京とお仙、桶に手を入れる。ぬるぬるしたスライム状の粘体に包まれたぬたうなぎとコンニャクが入っている。

右京　コンニャクと……。
お仙　うなぎ？
戯衛門　うなぎじゃない。ぬたうなぎだ。こいつは恐怖を感じると、ぬるぬるの液体をやたらに出す。これとコンニャクを人間と一緒に跳ばせば、着地した時の緩衝材となる。
五右衛門　ぬるぬるにコンニャクか。また妙なこと考えるな。
お竜　ゾッとしないね。あたしは、馬か駕籠で充分だよ。
戯衛門　ふん。技術の進歩に目を背けると、いきおくれるぞ。
お竜　それ、全然関係ないでしょ。

五右衛門　それはそれとしてだ。ちょっと面白いもの持ってきた。お竜。
お竜　ああ。（と、巻物を出す）
戯衛門　かなり古いな。（と、広げ）白紙か。
五右衛門　俺は、すかし書きだと睨んでる。
戯衛門　ありうるな。

と、幻灯機を持ってくる戯衛門。そこに巻物をはさみ、壁の銀幕に投影する。

戯衛門　この幻灯機は、中に仕込んだレンズというものの作用で、光を強くすることができる。光量を上げるぞ。

と、地図が浮かび上がる。

戯衛門　やっぱりな。
五右衛門　こいつは地図か。
戯衛門　……ああ、そのようだ。
お竜　どういう仕組み？
戯衛門　筆じゃなく薄い刃物で書いてるんだ。紙の表面を削るから厚さに差が出る。こうやって強い光を当てるとその薄い所だけが透き通る。これがすかし書きだ。

地図に書かれている地名を読む五右衛門。

五右衛門　……風魔、廃《すた》れ谷か。
戯衛門　……風魔。
五右衛門　横になんか書いてあるぞ。「矢に射貫かれた者が生き抜き、謎を解けぬ者が謎を解く」。
戯衛門　まさか、これは……。
お竜　え?
戯衛門　いや、なんでもない。
五右衛門　風魔といやあ、敵に回すと厄介な忍びの一族だ。しかも、彼らはこの世がひっくり返るくらい大変な秘術を隠し持っているらしい。
お竜　解説ありがと。偽物摑まされたんじゃないってわかって安心したわ。

と、巻物を取るお竜。

戯衛門　お竜、その巻物、どこで……。

五右衛門　風雲寺の柱の中にあったそうだ。
お竜　そこから先は詮索無し。巻物の謎を解いてくれた礼は、いずれゆっくり。

と、去ろうとするその時轟音と閃光と白煙。
一同、驚く。
と、白煙の中、轟天と宝田が現れる。それぞれ腕にタイムフックをつけている。

轟天　（咳き込んでいる）あー、頭がガンガンする。なんだったんだよ、いったい。
宝田　……ここは……（と、辺りを見回す。五右衛門を見つけて）あー‼　轟天さん、五右衛門です。五右衛門！
五右衛門　？
宝田　タイムトラベルに成功したんですよ。ほら、目の前に五右衛門が。
轟天　（あたりを見回している）ガールズ達は？　俺のガールズ達はどうした⁉
宝田　え。
轟天　え、じゃねえ！　手取り足取りのガールズ達はどこ行った⁉
宝田　すみません。あれは長官の嘘です。あの子達は、アルバイトのダンサー。タイムトラベルにつきあうのは最初から僕の任務だったのです。
轟天　てめえ、だましやがったな！

宝田　すみません、それはあとでゆっくりあやまります。そんなことより、ほら、目の前に五右衛門が。
轟天　五右衛門？　野郎のことなんかどうでもいい。ガールズだよ、ガールズ！（と、お竜が目に入る。急ににやけてお竜に挨拶）やあ。
お竜　？
轟天　（宝田に）なんだよ、こっちにもいかした女がいるじゃねえか。それならそうと早く言えよ。誰？　彼女、誰？
宝田　いや、僕にも。（わからないと首を振る）
轟天　（お竜に）やあ。僕の名前は剣轟天。おねえさんは？
お仙　あら、あたし？
轟天　おめえじゃねえ!!　どけ、邪魔だ!!（と、お仙をぞんざいに扱うと、お竜にデレデレする）あんたのことだよ、おねえさん。
お竜　ちょっと、なに、こいつら？

思わずしりぞくお竜。

戯衛門　タイムがトラベルとか言ってたな。
五右衛門　エゲレス語だな。時の旅か。

轟天　そう。僕はずっと未来からやってきた時の旅人さ。そんな野蛮人どもとはセンスが違うんだよ。さあ、お嬢さん、お友達になろう。

お竜　そっちのほうがよっぽど野蛮人みたいな顔してるくせに。おとといおいで。

轟天　おとといじゃない。四〇〇年先からきたんだってば。

お竜　何言ってるの、こいつ。

五右衛門　下がってろ、お竜。なんかめんどくさそうな奴だ。

轟天　そういうお前の頭の方がよっぽどめんどくさそうだぜ。なに、のっけてんだよ。盆栽かって、あー、お前は五右衛門！

宝田　やっと気づいてくれた。

五右衛門　確かに俺は石川五右衛門。剣轟天さんとか言ったな。いきなり人んちに上がり込んで女口説くとは、大した度胸じゃねえか。

戯衛門　俺の家だがな。

五右衛門　どうする、お竜。

お竜　ちょっと、勘弁かな。

五右衛門　というわけだ。いやがる女を口説くのは野暮ってもんだぜ、轟天さん。

と、轟天の行く手を阻む五右衛門。

轟天　そうか、そういうことか。人の一目惚れの邪魔をするとは許せねえ。五右衛門、貴様と俺ははなからぶつかり合う運命だったようだな。クォ、クォォォォォォォッ。（と、奇声を発し深く呼吸する息吹を行いながら、拳法の形をとる）

お竜　ひきつけ？

轟天　違う。クォォォォ！（と、息吹を続けポーズを決め）風魔忍拳轟天。

五右衛門　風魔？

轟天　アチョォォォッ!!

轟天攻撃。五右衛門、抜かない刀で受ける。

轟天　やるじゃねえか。だが、その刀抜いてもいいんだぜ。俺の身体は鋼と同じ硬さだ。

右京とお仙が襲いかかる。轟天、二人の刃を身体で弾き返す。

右京　刀が。

お仙　きかない!?

轟天　見たか、轟天鋼化形態だ。

お竜　風魔って言ったよね。ひょっとしてこの巻物を取り戻しに。

轟天　そんなものいらない。僕が欲しいのはあなたのハートだけです。（と、お竜に投げキッス）
お竜　（そのキッスを叩き落として）五右衛門、やっちゃって。
轟天　やられるのはお前だ。喰らえ、奥義金轟玉砕拳‼

股間を狙い拳を打つ轟天。五右衛門。刀でその拳を受けると飛び退く。

五右衛門　妙な拳法使いやがる。まるで金的狙いだな。
轟天　命まで取るとはいわねえ。だが貴様のタマは俺が潰す。
五右衛門　まじかよ。
轟天　まじだよ。

轟天が指を鳴らすと、五右衛門の刀が二つに折れる。さっきの拳の衝撃で刀が折れていたのだ。

五右衛門　なに。
轟天　次は貴様のタマがそうなる番だ。
戯衛門　時を越えて五右衛門のタマ狙いとは、なんでそんな酔狂を。

轟天　てめえの子孫は四〇〇年先でとんだ悪党になっている。お前をやらなきゃ俺がそいつらに殺されるんだ。
五右衛門　……なんだ、そりゃ。
轟天　さあ、覚悟しな。
五右衛門　冗談じゃねえ。たいしたもんじゃねえが、これはこれでないと困るんでな。
轟天　行くぜ、五右衛門！

五右衛門に迫る轟天。
と、その時、美女が現れ、轟天を手招きする。

美女　ごうてんさ〜ん♥
轟天　え？
美女　こっちきて〜♥

と、大筒の方に手招きする美女。

轟天　はい。

と、迷わず美女の方に向かう轟天。

宝田　轟天さん、罠だ！

と、言うが右京とお仙がその宝田を押さえる。

宝田　あ、しまった。
美女　こっちこっち。この中でいいことしましょう。

と、大筒の底の蓋をあける。

轟天　ええええ〜。どんないいことかな。
美女　もちろん手取り足取り。
轟天　手取り足取りなんだ〜。
美女　恥ずかしいから先に入って〜。
轟天　入る入る〜。

と、大筒の中に入る。

戯衛門　右京、そいつも。
右京　心得た。

と、大筒の中に宝田を放り込む。蓋を閉める美女。

轟天　うわ、なんかぬるぬるする。もう、こういうプレイ？　こういうプレイ？　あ、お前、男じゃないか。
宝田　轟天さん、僕です。アンディです。これは奴らの罠ですよ。
轟天　なにー。

などという声が大筒の中から聞こえてくる。

戯衛門　さらばだ。

戯衛門、大筒の導火線に火をつける。大筒から打ち出される轟天と宝田。二人の悲鳴。

五右衛門　どこに跳ばした。
戯衛門　目的地は設定してなかったからな。ま、この京の都からは遙か彼方だ。なに、死にはしない……はずだ。

動きが止まっている美女。

お仙　この女は?
戯衛門　ゼンマイ仕掛けのからくりだ。声は俺が腹話術でしゃべった。

美女の背中に巨大なゼンマイのネジを差し込み巻く戯衛門。

戯衛門　よし、いけ。

美女、ゼンマイ仕掛けの動きで去って行く。

お竜　しかし、なんだったんだろうね、あの顔の濃い男は。
五右衛門　剣轟天か。四〇〇年先から来たとか言っていたが。
戯衛門　時の大筒にでも跳ばされてきたか。

五右衛門　時の大筒?

戯衛門　この長距離輸送砲が遙か彼方まで人を跳ばすとすれば、人間を時を超えてすっ飛ばす大筒だ。四〇〇年先ならそんなものが出来ててもおかしくないだろう。だが、そんな先でもお前の子孫は大悪党らしいな。

お竜　ま、あり得ない話じゃないけどね。だったら、きっぱりあげちゃったら。どうせ、大した物でもないんだし。

五右衛門　あ、そういうことという。……剣轟天か。風魔流とか言ってたから、てっきりこいつを取り戻しにでもきたのかと思ったが。

と、お竜が持っている巻物を示す。

お竜　え?

五右衛門　その巻物に描かれてる地図に、風魔の廃《すた》れ谷と書かれてたじゃねえか。

お竜　ああ、そうね。

五右衛門　その巻物、なんともうさんくせえなあ。

と、怪しい声が響く。男の声だ。

声　おおっと、そこまでだ。五右衛門。それ以上の詮索は死を招くぞ。

五右衛門　誰だ⁉

と、○と×、二つのエリアに仕切られたパネルが現れる。

声　ここで問題です。「これ以上の秘密を知っても、長生きして穏やかな年金生活がおくれる」。さあ、答えは○か×か。正しい方のパネルに飛び込もう！

が、躊躇している五右衛門達。

声　なにをためらっている。さ、飛び込んで。

五右衛門　飛び込んでっていわれてもなあ。右京くん、行ってみなさい。

右京　いや、勘弁して下さい。お仙、お前が。

お仙　いやよ、なんで。

などと言い合う。お竜、戯衛門も冷ややかな目で見ている。

声　ああ、もういい！　答えはバツだあああ‼

言いながら、×のパネルから飛び出して来る声の主。はぐれ忍者ばってん不知火だ。背に大きな×型のプロペラを背負い、謎のビジュアル系のメイクと衣裳を着けている。

不知火　見ろ！　貴様らがグズグズしているから、私の方から飛び出したではないか！
戯衛門　なんか次から次に妙なのが現れるな。
不知火　私の名は謎のビジュアル系忍者、ばってん不知火。私がお竜に頼んでその巻物を盗ませたのだ。
お竜　自分から言ってるし。いいの、不知火さん。さっき、それ以上は詮索するなって言ってたの、あなたでしょう。
不知火　それがどうした！
お竜　え？
不知火　このばってん不知火には、世間の常識は通用せん！
お竜　は？
五右衛門　なんでお竜の居場所がわかった。
不知火　このばってん不知火をなめてもらっては困るな。お竜にこの仕事を依頼してから、ずっと彼女のことは空から監視していたのだ。俺はものすごい心配性なのだ！

五右衛門　じゃ、自分でやれよ。人に頼むのが心配なら自分でやれ。
不知火　なめるな、五右衛門。俺はもの凄い心配性だが、それ以上にものすごいめんどくさがりなのだ。が、天下の盗賊、石川五右衛門がこの話に絡んできたとなるとこっちにも覚悟がある。
五右衛門　どうするつもりだ。
不知火　ふふ。相手にとって不足はない。（と、懐に手を入れる）

身構える五右衛門。

不知火　（銭袋を出す）この金で、忘れて下さい！（と、五右衛門に銭袋を渡す）よろしく。（と、戯衛門にも渡す）あなた達も忘れてね、（と、右京とお仙にも渡す）ご苦労だった、約束の手間賃も含めてお竜どのにははい、ふたつ。（と、銭袋を二つ渡すと巻物をもらう）
五右衛門　調子の狂う奴だな。
不知火　はい、じゃ、これでみなさん、今回の件はきれいさっぱり忘却の彼方ということで。
戯衛門　派手な成りして、こけおどしか。
不知火　その通り！　この不知火がなぜこんな派手な姿をしていると思う⁉　忍者なのに！　忍者なのに派手！　なぜだ！　答えはひとつ、こけおどしだ‼

一同　？

不知火　このばってん不知火、とても弱い！　弱い分、みかけを派手にして相手を威嚇する！　こうやって大声でしゃべるのも、そのひとーつ！　ほら、たったこれだけ喋っただけで俺の身体はもう汗でグダグダ。この無駄な労力、この無駄な体力消費！　これぞ不知火忍法こけおどし！

ポーズを決める不知火。

五右衛門　ま、こういう人はそっとしとこう。

右京　これ、いくら入ってるんだよ。

と、右京とお仙、銭袋を開けると中から白い煙が吹きだす。

右京・お仙　うわ！

咳き込む二人。うずくまる。

戯衛門とお竜、銭袋を投げ捨てる。中から煙が出る。

不知火　ふははは。ひっかかったな。忍法こけおどし、その本当の意味は俺の素っ頓狂な行動に油断させて、敵を攻撃するものなのだ。

五右衛門　そんなことだろうと思って、銭袋、お前の懐に返しておいたぜ。

不知火　え。（と、懐から銭袋を出す。白煙が引き出て自分で喰らい咳き込む）うわわ！

五右衛門　自爆したようだな、不知火。

と、近づこうとすると足がすべって進めない五右衛門。戯衛門とお竜も足がすべる。

五右衛門　なんだ⁉

戯衛門　足がすべる。

不知火　ふはははは。私がさっきからブタ汗をかいていたのは、ただの汗っかきだったからではない！　私の汗で床はヌチャヌチャになった。貴様達は一歩も進めない。これぞ忍法ぬめり汗。

お竜　気色悪い技を。

と、背中のバツ型プロペラを回す不知火。

不知火　ではさらばだ。忍法不知火電撃！

刀を抜いて地面に刺すと電光。目が眩む五右衛門達。輝きがおさまった時は不知火の姿は消えている。

五右衛門　食えねえ野郎だな。
お竜　あの野郎、ただ働きさせやがって。五右衛門、このまますませるつもり。
五右衛門　俺がただ働きしたわけじゃねえよ。
お竜　冷たいこと言わないで。私が悪かった。
五右衛門　そんなこと、かけらも思ってないだろ。
お竜　簡単に底を見せる女は嫌いだろ。ね、頼むよ、五右衛門。
五右衛門　まあ、いいや。色々気になることもある。行ってみるか、風魔廃れ谷。
お竜　さすが、五右衛門。

と、倒れている右京とお仙の様子を見ている戯衛門。

戯衛門　すっかり気を失っているな。俺はこいつらの世話をしよう。
五右衛門　おう、気がついたら床掃除でもやらせてくれ。じゃあな。

五右衛門とお竜、立ち去る。
戯衛門、立ち上がり、ぞうきんを持ってきて拭き始める。拭きながら部屋の奥に声をかける。

戯衛門　いつからそこにいた。

と、闇から姿を見せる招鬼黒猫。風魔のくノ一だ。

黒猫　汗かき忍者とのやりとりあたりから。
戯衛門　そうか。あいつを追っていたのか。
黒猫　はい。我らの秘術を狙う怪しい輩ゆえ。
戯衛門　追わなくていいのか。
黒猫　奴らの行方はわかっております。
戯衛門　風魔廃れ谷か。
黒猫　はい。こんなところでお名前を変えて潜んでおられるとは。あのばってん不知火とか言うはぐれ忍びに感謝しなければなりませんな。
戯衛門　まったく疫病神が。……俺一人いなくても風魔の動きに差し障りはあるまい。このままま、通り過ぎるわけにはいかぬか。俺はもう、ただのからくり屋だ。

黒猫　奥方様がお屋敷に戻られました。

はっとする戯衛門。

戯衛門　まさか……。

黒猫　あなたのお戻りをお屋敷で待っておられます。典膳様。

戯衛門　わかった。もはやこんな暮らし、用はない。

立ち上がる戯衛門。

――暗　転――

【第四景】

ぬらくらの森。

ふらふらになって現れる轟天と宝田。

轟天　まったくひどい目にあったぜ。ああ、まだ身体がぬるぬるする。

宝田　でも、あのぬるぬるのおかげで着地した時つるつるすべって、助かったのは確かです。

轟天　石川五右衛門か。人を大砲につめて飛ばすとは恐ろしい奴。ブラックゴーモンの先祖ってのも、うなずけるぜ。何よりあんなきれいな女とつるんでるのが許せない。

宝田　お竜とかいってましたね。確かにいい女だったけど。

轟天　お前、ほれても無駄だぜ。あの女は、俺にメロメロだ。

宝田　あれだけ邪険にされてたのに。どう考えれば、そんな結論が出るんですか。

轟天　お前に男と女の機微はわからねえよ。若僧。

宝田　話にならんな。

と、鳥がどこかで鳴く。

宝田　……ひどく深い森ですね。ここはどこでしょう。四〇〇年前じゃGPSも効かないし参ったな。

轟天　……そう言えば、どうやったら帰れるんだ。なんだかよくわからないうちに、昔に跳ばされてきたけど、元の時代への戻り方は聞いてないぞ。

宝田　それはこれで。（と、腕についている腕時計状の機械を見せる）これは、タイムフック。このスイッチを押すと、元の時代に戻れます。

轟天　そうか、こいつが。（と、押そうとする）

宝田　やめてください！　一回しか使えないんです。

轟天　そうなの。

宝田　ええ。僕たちはタイムフックの力で時間を越えてこの世界にいることができるんです。こいつに21世紀からゴムがのびてて、フックでひっかかってるようなもので、このスイッチを入れるとフックがはずれて元の時代にピューンと引き戻される。

轟天　戻ってからまた来りゃいいじゃねえか。

宝田　あっちにはブラックゴーモンが待ち受けてるんです。このまま戻ったら即座に殺されますよ。なにがなんでも五右衛門のタマを取るしかないんです。

轟天　……なるほど、そういうことか。
宝田　わかってくれましたか。
轟天　ああ。俺は今、猛烈に腹が減っている。
宝田　え。
轟天　腹が減っているということが俺はわかった。
宝田　僕の説明は。
轟天　腹が減ってるのが気になって途中から聞いてなかった。
宝田　しょうがないなあ、もう。
轟天　そこだ！

と、突然振り向き、草の陰に飛び込むと拳を一撃。気絶した兎を捕まえて出て来る。

轟天　ふふふ、捕まえたぜ。
宝田　兎ですか。さすがですね。
轟天　山ごもりして修業してた時は、こうやって捕まえたもんだ。よし。焼いて食おう。
但し、お前にはやらん！
宝田　えー。

轟天　自分の食い物は自分で探せ。それが山の掟。
宝田　ひどいなあ。

と、そこに現れるぬらくら森の悪ガキ1、2。
轟天をじっと見つめる。

轟天　なんだ、ガキ。
悪ガキ1・2　い－けないいんだいけないいんだ。
悪ガキ1　こいつ、兎なんかとってやがる。
悪ガキ2　女王様にしばかれるぞ。
轟天　女王様？
悪ガキ1　女王様こわいぞ。
悪ガキ2　バチあたるぞ。
悪ガキ1　そんな変な顔してても。
悪ガキ2　女王様にはかなわないぞ。
轟天　やかましい。俺のどこが変な顔だ。
悪ガキ1・2　……ふ。

二人、馬鹿にしたように軽くふきだす。

轟天　なにがおかしい！

悪ガキ二人走り去る。

轟天　（その後ろ姿に）貴様ら、豚しゃぶにするぞ！

と、轟天と宝田が悪ガキに気を取られているその隙に、そっと兎を盗んでいこうとしている女。風谷のウマシカである。

宝田　（女に気づき）誰？

ウマシカ、開き直って姿勢を正し綺麗事を言う。

ウマシカ　この兎を捕らえたのはあなた方ですか。

轟天　え？

ウマシカ　だめ。

キラキラした瞳で轟天を見つめるウマシカ。

ウマシカ　この森の命はこの森のもの。勝手に殺してはだめ。
宝田　え？
ウマシカ　青き衣を纏いし獣と虫を愛する姫。私は風谷のウマシカ。
宝田　……。（ぼうっとウマシカを見つめる）
ウマシカ　森は生きている。力でその命を奪うのは人の傲慢。全ての命を愛しましょう。
宝田　か、かわいい。

と、轟天、ウマシカを殴り倒す。

ウマシカ　うぎゃ！
宝田　ちょっと、何すんですか。
轟天　いや、なんかむかついたから。
宝田　そんな。（ウマシカを抱き上げ）大丈夫ですか、お嬢さん。

と、倒れたウマシカが叫ぶ。

ウマシカ　今よ、ふんどし‼

と、ふんどしと呼ばれた男を先頭に、毛皮を身につけたまたぎ風の男達が数名、大きな網をもって現れ、轟天にかぶせる。ふんどしと呼ばれた男、その名の通りボロボロの着物をはしょって、ふんどしが見える百姓姿。

轟天　てめえら、何のつもりだ。
ふんどし　おとなしくするだ！

と、棍棒で轟天と宝田を殴りつける男達。

轟天　あー、ごめん、ごめんなさーい。
ウマシカ　そのくらいでいいわ。ふ、私が身を呈して囮になったのが功を奏したわね。

男達、轟天と宝田を縄で縛る。

轟天　なにしやがる。俺は兎を一羽捕っただけじゃないか。

ウマシカ　それがだめなの。
ふんどし　んだ。ここはぬらくらの森。この森のすべては森の女王様のものだ。
宝田　森の女王？
ふんどし　よし、みんな。女王様に獲物を届けるだ！
男達　おう！

ウマシカとふんどしを先頭に、轟天と宝田を抱え上げて、森の奥に行く男達。

×　×　×　×

森の奥。女王の祭壇がある。

その中央にいるのはマローネ・ド・アバンギャルド。以前のヨーロッパの貴婦人の優雅な衣裳ではなく、毛皮などをあしらった野趣溢れる雰囲気でそれなりに豪華な感じになっている。彼女こそ森の女王だった。

脇に立つのはエスパーダとアビラ・リマーニャ。エスパーダは片目に眼帯。堺での五右衛門との戦いで負傷したのだ。

「私はマローネ。このぬらくら森の女王」と歌い上げるマローネ。アビラとエスパーダもともに歌う。悪ガキ1と2も神妙な顔でバックダンスを務める。

朗々と歌い上げるが、唄が終わった瞬間、表情が険しくなるマローネ。

マローネ　なんて歌い上げてるけど、全然嬉しくない！
エスパーダ　マローネ様！
マローネ　そう！　私はマローネ。マローネ・ド・アバンギャルド。ヨーロッパの名門、ブライボン家の生まれにして、スペイン貴族アバンギャルド伯爵夫人。それがなに、いつの間にかこんなアジアの辺境の島国に流れ着いて。側近もアビラとエスパーダの二人だけ。みじめよ、みじめすぎる！
アビラ　でも女王様です。
悪ガキ1　そだそだ。女王様だ。
悪ガキ2　ぬらくら森の女王様だ。
マローネ　嬉しくない！　こんな尻丸出しのおやじガキに言われても全然嬉しくない。
悪ガキ1　そういうな、女王様。
悪ガキ2　慣れるといいもんだぞ、この尻も。
悪ガキ1・2　この尻も。

と、二人、尻を突き出す。

マローネ　汚い尻を出すな！　このできんボーイどもが！

と、叩こうとするマローネ。

悪ガキ1　叩くか、この尻を。
悪ガキ2　打ちますか、このおいどを。
悪ガキ1　尻を叩くはしつけの基本。
悪ガキ2　ならば甘んじてうけましょう。
悪ガキ1　さあ、そのお手でいつものように。
悪ガキ2　打ってくだされ、女王様。
悪ガキ1・2　さあ、さあ、さあさあさあさあさあ。

と、ずいずいと尻を近づける悪ガキ1・2。

マローネ　……エスパーダ、斬り殺せ。
エスパーダ　え。
マローネ　そんな尻、叩くだけで手が穢れる。いいから斬り殺せ。
悪ガキ1・2　ひいいいいい。

と、アビラのそばにすり寄る二人。

悪ガキ1　あびら～。
悪ガキ2　あびら～。

と、アビラに小動物のように顔をすりすりする。ちょっと可愛くなるアビラ。

アビラ　マローネ様。許してやってはいかがでしょう。
マローネ　何、情にほだされてるの！　気色悪いわ!!
アビラ　申し訳ありません。

慌てて悪ガキ二人を振り払うアビラ。

マローネ　とっとと消えなさい。ベーコンにするわよ。

駆け去る悪ガキ二人。

マローネ　もーいや、何もかもいや。
エスパーダ　それもこれもすべては石川五右衛門のせい。

アビラ　一度ならず二度までもあの男に煮え湯を飲まされて。なんとか逃げ出したものの、今じゃこんな田舎の森暮らし。
マローネ　その五右衛門に何度も変装された男が、偉そうに言うんじゃないわよ。
アビラ　申し訳ありません。

そこに男の笑い声。ばってん不知火だ。

不知火（声）　ふはははは。

と、○と×のパネルが現れる。

不知火（声）　ここで問題です。「この状況を逆転出来る頼れる男がいることを私は知らない」。さて○か×か。
マローネ　（うんざりと）エスパーダ。
不知火（声）　さあ、正しい方のパネルに飛び込もう！

エスパーダ、不知火が言い終わる前にパネルを切る。二つに斬られたパネルの裏に立っているばってん不知火の姿が現れる。

不知火　あ。
マローネ　あんたのつまんないクイズ、もううんざりだから。で、首尾はどうなの。
不知火　私の趣向を楽しめぬとは、南蛮のお方は気が短くていけない。おっと、ご心配なさるな。このばってん不知火、無駄口は多いが受けた仕事はきっちり仕上げるのが信条。風魔忍群に伝わる秘術、天地逆転が記された秘文書《ひもんじょ》のありか、わかりましたぞ。

巻物を出す不知火。

マローネ　真っ白ね。
不知火　強い光を当てれば地図が浮かび上がる仕掛け。そこに示されているのは風魔廃れ谷。そこに秘文書は隠されている。天と地をひっくり返すほどの大秘術、これさえ手に入れればマローネ様が、この国を摑むこともできましょう。
マローネ　面白い。それがかなえばヨーロッパへのいい手土産になる。このマローネ・ド・アバンギャルドの華麗なるヨーロッパ社交界復帰にはふさわしい。
アビラ　アバンギャルド伯爵もさぞやお喜びになる。
エスパーダ　ええ、ご主人もご心配なさっているでしょうし。
マローネ　アバンギャルド伯爵。ああ、彼なら大丈夫。放置プレイには慣れているから。

そこに縄で縛られた轟天と宝田を連れてやってくるふんどしとウマシカ。

ウマシカ　女王様、マローネ女王様～。
ふんどし　怪しい奴をとっ捕まえてきましただ。
アビラ　怪しい奴？
轟天　てめえ、放せ！　放せよ‼
マローネ　なに、こいつら。
ウマシカ　女王様の許しもなく、森で兎を捕まえて食おうとしていたんです。
ふんどし　そんな無法、ゆるせねえだ！
ウマシカ　死罪にしてください、女王様。
宝田　ちょちょちょちょ。兎一匹で死刑ですか。そりゃひどすぎる。ウマシカさん、あなたはそんなことをする人じゃないはずだ。
轟天　くそう。

と、縄を引き千切る轟天。

轟天　じゃあな。

宝田　置いてくんですか。
轟天　自分のことは自分でなんとかしろ。俺は、五右衛門のタマとるんだ。こんなところでくたばってたまるか。

その言葉にハッとするマローネ。

マローネ　五右衛門？　今、五右衛門と言った？
轟天　言ったがどうした。
マローネ　あなたも石川五右衛門を狙ってるの？
宝田　あなたも？
不知火　おお、思い出した。確かにその男、石川五右衛門と戦っておりました。この巻物を受け取る時、たまたま覗き見ていたのです。
マローネ　なるほどね。お下がり、エスパーダ。（と、轟天の前に立ち）私はマローネ・ド・アバンギャルド。石川五右衛門は私の仇敵。
アビラ　そう。何度も戦い何度も敗れた。

アビラの頭をはたくマローネ。

マローネ　なんであなたが五右衛門を狙うの。
轟天　話せば長いが、かくかくがしかしかなのだ。
マローネ　ふうん。時を越えたなんて胡散臭いけど、まあいい。あなたが五右衛門を狙うなら、私が協力して上げてもよくってよ。
轟天　わかった。よろしく頼むぜ、マローネ。
宝田　轟天さん。
轟天　騒ぐな、アンディ。ここがどこかもわからない今、味方は多い方がいい。
マローネ　ウマシカ。

ウマシカに宝田の縄を解かせるマローネ。

宝田　（縄をほどいたウマシカの手を握り）ありがとう。やっぱり君は僕の思った通りの人だ。
ウマシカ　え。
マローネ　とりあえず今は、天地逆転の秘術を手に入れましょう。風魔廃れ谷に向かいます。
宝田　風魔？
マローネ　なにか？
宝田　この轟天さんも風魔忍法を会得しているのです。

轟天　四〇〇年前にも風魔はあったってことか。それもおもしれえ。
不知火　ご案内はおまかせあれ。

マローネと轟天一党、風魔廃れ谷に向かう。

——暗　転——

【第五景】

風魔廃れ谷。
紅蜘蛛御前と鎌霧之助、人犬太郎が現れる。
風魔忍群の忍びである。

紅蜘蛛　どう、鎌霧之助、だれかいた？
鎌霧　いや、こっちには誰も。
人犬　こっちもだ。（辺りを見て）風魔廃れ谷か。まさか、ほんとに天地逆転の秘文書が残ってたとはな。
紅蜘蛛　私ら風魔忍群ですらその在処がわかっていなかったのに、さすがは噂に名高い石川五右衛門だね。
鎌霧　奴は必ずここに現れる。くれぐれも油断するな。
紅蜘蛛　当たり前だよ。この紅蜘蛛御前の毒の糸から逃れた者はいないからね。
人犬　わんわん、わんわん！

と、地面を掘る人犬。

紅蜘蛛　どうした、人犬。
人犬　ほら、これ。

と、嬉しそうに人の骨を掘り出す。

鎌霧　骨か。随分古いな。
紅蜘蛛　おおかた秘文書探しにきた間抜けがやられたんだろう。風魔の秘伝の隠し場所だ、いろんな罠が仕掛けられてても不思議じゃない。
人犬　用心用心ってわけだな。
鎌霧　よし、俺はあっちを（「探す」と言いかけて、飛んで来た矢に射貫かれる）ふぎゃあ‼
紅蜘蛛・人犬　鎌霧‼

倒れる鎌霧。抱き起こす人犬。

人犬　だから罠には気をつけろと！　しっかりしろ、鎌霧！

がくりと息絶える鎌霧。

紅蜘蛛　出てきたばっかりでまだ何にもしないうちに。
人犬　お前の仇は俺が討つ‼　覚えていろよ、五右衛門‼

倒れた鎌霧を運んで去る二人。
彼らが去ると呆れて出て来る五右衛門とお竜。

五右衛門　俺のせいじゃないだろう。
お竜　風魔ってもしかして間抜け忍群？
五右衛門　かもな。あの顔のくどい男も相当だったしな。
お竜　（地面の様子を見ている）あ、面白い。ここ、押すと沈むよ。

と、地面の一部を押す。
と、隣に立っていた五右衛門に矢が飛んでくる。

五右衛門　うわ！

咄嗟にその矢を摑む五右衛門。

五右衛門　うわあ、びっくりした。いい加減にしろ、お竜。

お竜　ごめんごめん。

五右衛門　ごめんじゃねえよ。罠があるってわかってんだから、うかつに妙なとこ触るなよ。（と、何か思いつく）待てよ。「矢に射貫かれた者が生き抜き」……。

持っている矢と背後を見る五右衛門。

五右衛門　お竜、もう一遍そこ押してみてくれ。

お竜　お、何かわかったね。

五右衛門　はやく。

お竜　はいよ。

お竜が地面を押す。矢が飛び五右衛門素早くかわす。後ろの壁に刺さる。

五右衛門　矢に射貫かれた者か。

と、その刺さった矢をぐっと壁に押し込む。
と、壁が開きそこから大きな仏像が現れる。
立像で手を合わせた合掌の形をとっている。

お竜　でたよ、五右衛門。

と、仏像を探るが手がかりがない。

お竜　秘文書らしきものはないね。
五右衛門　謎にはまだ続きがあらあ。「謎を解けない者が謎を解く」。
お竜　その心は。
五右衛門　謎がわからねえ奴はどうする。まず、首をひねる。

と、仏像の首を傾ける。

五右衛門　それでもわからねえと。
お竜　お手上げだね。

五右衛門　その通り。

と、仏像の合掌の手を開いて上に上げバンザイの形にする。

と、胸が開いてそこに一枚の赤い布きれがある。それを取る五右衛門。

五右衛門　こいつだ。

お竜　さすが。（と、奪い取り見る）。なんか図形みたいのが書いてあるよ。

五右衛門　魔方陣だな。南蛮の妖術にこういうのがある。

お竜　じゃ、これが天と地をひっくり返す秘術。

五右衛門　ということになるか。

と、そこに現れる紅蜘蛛御前と人犬太郎。

紅蜘蛛　どうもありがとう、五右衛門。

お竜、あわてて秘文書を胸元に押し込む。

五右衛門　てめえら。

紅蜘蛛　風魔忍群のうち紅蜘蛛御前。
人犬　同じく人犬太郎。さすがは石川五右衛門。お宝の秘密を解くのはお手の物だな。
紅蜘蛛　そういう判じ物じみた謎を解くのは、盗賊にまかせればいい。それがお館様のお考えだったのさ。
人犬　この人犬太郎の鼻は犬並みに効く。お前らが潜んでいたことはわかったが、お宝を見つけ出すまでは、見逃していた。
五右衛門　くそう。俺達を騙すために味方の忍者まで犠牲にするとは。やられたぜ。
人犬　あ、鎌霧之助のこと？　あれは事故。ほんとに矢が当たったの。あいつ、いっつもそう。うかつな奴でさあ。ま、自業自得だね。（と、笑いながら言うが一転激しく怒る）だが、それもすべてお前のせいだ、五右衛門！　仲間の仇は俺が取る！
五右衛門　言ってること無茶苦茶だぞ。
お竜　風魔ってのはおかしな奴しかいないのかい。
人犬　失敬な。
紅蜘蛛　さ、その秘文書渡してもらおうか。この紅蜘蛛御前の鋼の糸受けてみるがいい。

鋼の糸を鞭のようにして襲う紅蜘蛛。剣で襲う人犬太郎。
と、そこに大きなUの字型磁石をつけた槍を持った戯衛門が現れる。但しフード付きマントで全身を隠している。

戯衛門、磁石をかざすと紅蜘蛛と人犬の得物が吸い付けられる。

紅蜘蛛　あ。

人犬　なに。

磁石槍に得物がくっつく二人。戯衛門、二人を槍で打つ。倒れる紅蜘蛛と人犬。

戯衛門　無事か、五右衛門。

五右衛門　おう。

お竜　戯衛門、どうしたんだい。

戯衛門　俺も風魔の秘文書というのが気になってな。おぬしらの後を追ってきた。で、どうだ、お宝は。

お竜　あったあった。

と、胸元から秘文書を取りだす。戯衛門受け取る。

戯衛門　この紋様は、南蛮の魔方陣か。

五右衛門　さすがからくりの。詳しいね。

戯衛門　ああ。まさしくこいつは風魔に伝わる秘術、天地逆転の秘文書。さすが五右衛門、風魔も解きあぐねていた謎も、お前にかかればたやすいものだ。

と言いながら五右衛門から遠ざかる戯衛門。

戯衛門　天下の大泥棒の名は伊達じゃない。礼を言うぞ。

と、戯衛門が合図すると、招鬼黒猫と風魔の下忍達が現れる。

黒猫　紅蜘蛛、人犬、いつまでやられたふりしてるの。

紅蜘蛛と人犬、起き上がる。

お竜　どういうこと？

紅蜘蛛　これもまたお館様の策。

人犬　お前達を油断させ、天地逆転の秘文書を手に入れるためのな。

五右衛門　何考えてる、戯衛門。

黒猫　戯衛門ではない。このお方こそ、風魔忍群の長、宇賀地典膳《うがちてんぜん》様。

フード付きマントを脱ぐ戯衛門。その下は風魔の忍び装束。首領の恰好。ここより戯衛門は典膳と記す。

五右衛門　なにい。
人犬　こんなまわりくどいやり方、他の誰が考える！　一本道でもあえて迂回路を探す。そういうねじくれ曲がった根性にかけては、天下一品世界一のお方なのだ！
典膳　太郎、ハウス。
人犬　くーんくーん。

と、後ろに下がる人犬。

お竜　戯衛門、あんた……。
典膳　全てを捨てて、戯衛門と名乗り、一人面白おかしく暮らせればいい。そう思っていたのだが、世の中ままならないな。
五右衛門　なら、今まで通り気楽に暮らせばいいじゃないか。
典膳　そうはいかん。風魔を捨てる理由がなくなった。
お竜　理由？

典膳　死んだと思っていた女が戻ってきたのだ。一族全員から反対された。だが、俺はその女だけを愛した。ともに添い遂げたい。たとえ忍びでも、この愛だけは守りたい。彼女もそう思っていたはずだ、だが、ある日、彼女は姿を消した。必死で探したがどこにもいなかった。俺の愛は消えた。

典膳の話を聞きながら涙ぐむ風魔忍群。

典膳　俺は何もかもがむなしくなった。過去も仲間も全て捨て、都の喧噪に埋没し、好きなからくりをいじるだけの日々を選んだ。だが、彼女は戻ってきた。俺を捨てたわけじゃなかった。怪しい輩にかどわかされ、遠い長崎で店に出されていたのだ。この者達が必死で探し、見つけ出してくれた。

黒猫　すべてお館様のため。

典膳　紹介しよう。我が最愛の女性、おリカだ。

と、懐から女性の人形を出す。拍手をする風魔忍群。

五右衛門　……。

お竜　……。

ノーリアクションの二人に改めて紹介する典膳。

典膳　我が最愛の女性、おリカだ！

拍手をする風魔忍群。

五右衛門　それは人形……。
典膳　おリカだ！（人形に）大丈夫だよ、おリカ。もう二度と放さない。
お竜　あんたもそっち側の人だったんだ……。
典膳　必死の思いで彼女を見つけ出してくれた風魔の手下達に、俺は報いねばならない。五右衛門、貴様に風魔の秘術渡すわけにはいかない。
五右衛門　俺って言うか、あの汗だく忍者が狙ってんだけどね。
典膳　誰でも一緒だ。俺とおリカの暮らしの邪魔をする者は、誰だろうと容赦はしない。（手に持った人形を上下に揺らして喜びを表現する）「わーい、わーい」。そうか、おリカ、お前も嬉しいか。
五右衛門　それ自分で揺らしてるよね。
典膳　違う。

五右衛門　ちょっと整理しようか。それはつまり盗まれた人形が、長崎で見つかって買い戻したってことじゃないのかな。

典膳　ちがーう。断じてちがーう！

それまで話を聞いていたお竜が気づく。

お竜　あ、それ、私だ。

典膳　え？

お竜　ある屋敷に珍しい南蛮人形があるって聞いたからね。忍び込んで売っ払った。あれ、あんたんちだったんだねえ。

典膳　(激昂する) 貴様の仕業だったのか！　俺の愛しい愛しいおリカを！

五右衛門　(がっくりして) なぜ今それ言うかなあ。

お竜　いやあ、奇遇だねえ、戯衛門。

典膳　戯衛門じゃない、典膳だ‼　昔なじみだから命だけは助けてやろうと思ったが、そういうことなら話は別だ。お竜、おリカの恨み、今こそ晴らす！

お竜　えー、だって無事に買い戻せたんだろう。

典膳　やかましい！　なれぬ長崎で、おリカがどれだけ心細い思いをしたと思う。下手をしたら異人さんに連れられて南蛮に行っちゃったかもしれないんだぞ！　絶対に許さん！　お前達！

風魔忍群　は！

紅蜘蛛、人犬、黒猫、その他の下忍が五右衛門に襲いかかる。黒猫の武器は鎖付きの鉄球。

五右衛門、お竜をかばい彼らの攻撃を捌く。

お竜　やばいよ、五右衛門。

五右衛門　ほんとお前の口は災いのもとだな。

お竜　女が立てる波風が、男の船を走らせるんだよ。

五右衛門　こんな時に、調子のいいこと言ってんじゃねえ。

風魔と戦う五右衛門。

それを見ている典膳。

と、そこに突然エスパーダが襲いかかる。

典膳が持っていた秘文書を奪い取るエスパーダ。つづいてマローネとアビラが現れる。

エスパーダ　マローネ様。風魔の秘文書にございます。
マローネ　（秘文書を受け取り）さすがエスパーダ。出来る男。
五右衛門　てめえ、マローネ！
マローネ　そうだよ、マローネ様だよ。お前みたいな三流盗賊に関わったばっかりに、こんな東の果ての島国で、アジアの猿ども相手にしなきゃならなくなったマローネ・ド・アバンギャルド様だよ。五右衛門、あなただけは本気で許さない。いや、このくだらないニッポンなんて国もね。
五右衛門　なにい。
典膳　あれがマローネか。
五右衛門　ああ、ヨーロッパの伯爵夫人だ。今まで何度かやりあったが、まだ日本にいたとは思わなかった。
マローネ　お前のせいで帰れないんだよ！　湿気は多いし空気は味噌臭いし人間の了見は狭い。好きでこんな国にいるわけがない。
アビラ　ほんと、スペインが懐かしいざんす。
マローネ　五右衛門、あたしは誓ったの。こうなったらとことんこのニッポンにいやがらせしてやる。天と地とをひっくり返す秘術とやらで、この国を根こそぎひっくり返してやろうじゃない。
エスパーダ　すばらしい。さすがマローネ様。

と、マローネから受け取った秘文書をひらひらさせるアビラ。
と、そこにばってん不知火が登場。

不知火　忍法不知火電撃！

と、アビラに電撃。

アビラ　ぐわ！

その隙にアビラから秘文書を奪う不知火。

不知火　ふっふっふ。この秘文書はばってん不知火がいただいた。
マローネ　不知火。
五右衛門　何考えてる。
不知火　何も考えてない！
一同　？
不知火　忍法どんでん返し！　周りをびっくりさせるために、あえて意外な行動に出る。このばってん不知火、手段のためなら目的は選ばない！

マローネ　まったく、どいつもこいつも。だからこの国はいやなんだ。エスパーダ、やっちゃいなさい。

エスパーダ　は。

不知火　そうはいかない。私に近づくと、この秘文書を引き破るぞ！

典膳　軽はずみな真似はやめろ！

不知火　軽はずむ！　あえて軽はずむ！

お竜　なんなのよ、あんた。

不知火　ふははは。愉快愉快。天下の石川五右衛門に真砂のお竜、風魔忍群、それに南蛮人の森の女王までが、私を困った目で見ている。それでいい。見よ、刹那に生きる私は猛烈に美しい！

と、秘文書を掲げる不知火。

その時突風が吹く。秘文書、風に舞上げられ彼方に飛んでいく。

不知火　あ。

全員の怒りの眼差しを受ける不知火。

不知火　……短い栄光だったな。

全員にたこ殴りにあう不知火。

典膳　待て、やめろ。五右衛門とマローネは。

気がつくと五右衛門とマローネがいない。

典膳　しまった。怒りに我を忘れて抜け駆けされた。こんな奴はどうでもいい。早く秘文書を！

風魔忍群　は！

秘文書の行方を捜して去る風魔忍群。
エスパーダ、アビラ、お竜もかけ去る。
ボロボロになった不知火、立ち上がると背のプロペラを回す。

不知火　くそう。ちょっとふざけただけなのに。覚えてろよ。

と、飛び立つ不知火。

×　×　×　×

別の場所。

のこのこ現れる轟天と宝田。

轟天　マローネの奴、足が速い。どこ行きやがった。

宝田　すっかり遅れてしまいましたね。

と、轟天、立ち止まり鼻をクンクンさせる。

宝田　どうしました。

轟天　そこだ。

草むらに飛び込み赤い布きれを持ってくる。

風魔の秘文書が風に飛ばされここまで飛んで来ていたのだ。

宝田　なんですか、そりゃ。

轟天　（匂いをかぎ）お竜さんだ。お竜さんの匂いがする。
宝田　え。
轟天　他にもいろんな匂いが残っているが、俺にはわかる。これはお竜さんの匂いだ。ははあ、わかった。恐らくこれはお竜さんの腰巻き。
宝田　腰巻きってそんなに短かったですか。
轟天　（宝田の言葉には耳を貸さず）そうか、みんな、この腰巻きをめぐって取り合ったのか。だから他の奴らの匂いもついてる。ばかめ、最後に笑うのはこのランジェリー・マイスター轟天様だ。お竜、お前のぬくもり、俺がいただいた。

秘文書をかき抱く。
そこに現れるマローネ。

マローネ　轟天じゃないの。

ハッとする轟天。

轟天　おう、マローネ。
マローネ　ちょうどよかった。この辺に赤い布が飛んでこなかった。

轟天　あかいぬの？

マローネ　そう、このくらいの大きさの。

轟天　知らないな。

宝田　え。

轟天　（小声で）黙ってろ。

マローネ　あやしいわね。なんか隠してない。

轟天　別に。（ごまかして）そんなことより五右衛門だ。くそう、あいつめ、どこに行ったかな。あっちを探すぜ。

と、走っていこうとするが、その方向から五右衛門が出て来る。

五右衛門　俺ならここにいるぜ。

轟天　あ。

五右衛門　お前、何持ってる。

轟天、思わず秘文書を口に入れる。

五右衛門　お前、それ、秘文書。

マローネ　え。

五右衛門　こいつ、秘文書を口に。

口が膨らんでいる轟天。

マローネ　なんですって。出しなさいよ。

マローネと五右衛門、轟天に摑みかかる。もめる三人。

と、轟天、秘文書を呑み込む。

五右衛門　あ、のんだ！

マローネ　このバカ、出しなさいよ！

轟天　な、何の話ですか。

マローネ　風魔の秘文書よ。天地逆転の秘術よ！

と、苦しみ出す轟天。怪しい光が彼を包む。

轟天　う、うう！
五右衛門　どうした。
マローネ　轟天。
宝田　大丈夫ですか、轟天さん。

と、そこにボロボロのばってん不知火が現れる。

不知火　よくもよくも、俺をこんな目に。許さんぞ、五右衛門、マローネ。喰らえ、忍法不知火電撃‼

と、五右衛門とマローネと轟天に電撃を喰らわせる。轟天の右の手を五右衛門、左の手をマローネが摑んでいる状態で電撃を喰らう。
三人。

三人　うわわわわわ！
不知火　ふははは、このばってん不知火の恐ろしさ、思い知ったか。だが、仕返しが怖いからとっとと逃げる。ダッシュ！

駆け去る不知火。
起き上がる轟天、マローネ、五右衛門。但しマローネは男の仕草。五右衛門は女の仕草。

マローネ　あいたたた。何が起こった。
五右衛門　まったくもう。不知火の大馬鹿野郎。
マローネ　マローネの奴、どこに。
五右衛門　五右衛門は……。

二人、それぞれの姿を見て驚く。

二人　あー!!
マローネ　俺がいる。
五右衛門　私がいる。
マローネ　……お前、マローネ?
五右衛門　あんたまさか五右衛門?
宝田　ひょっとして二人、人格が入れ替わった?

宝田の推察通り、マローネと五右衛門の人格が入れ替わっている。

二人　えええ⁉

マローネ　そんなばかな。

五右衛門　なんでこんな。

宝田　風魔の秘術、天地逆転は人格入れ替えの術だったのか⁉

轟天　へー。

マローネ　てめーのせいだぞ、轟天！

五右衛門　どうしてくれんのよ！

轟天に詰め寄る二人。

轟天　……いいんじゃない。

二人　いいわけないだろ‼

怒り心頭に発する二人。

——第一幕　幕——

―第二幕―　ＧＯＧＯ五右衛門！　我が身を奪え‼

【第六景】

京の都。
覆面をした盗賊の一党が通りを駆ける。指揮する死神右京とくれくれお仙。

右京　よし、お宝はいただいた！
お仙　火をかけな！

逃げ惑う人々。それを追って去る右京とお仙。
そこに現れるアビラとエスパーダ。そして石川五右衛門。但し、肉体は五右衛門
だが意識はマローネである。
今後表記は「五右衛門マロ」とする。

五右衛門マロ　燃えろ、燃えろ。京の都もなにもかも、この国すべて燃やしちまいな！

はがね太郎とひげ紋次も現れて、破壊と混乱の歌を歌い上げる。
一通り歌い終わると、五右衛門マロ、エスパーダ、アビラの三人となる。

五右衛門マロ　よくやった、アビラ、エスパーダ。
エスパーダ　は。そのお身体になった時は驚きましたが、マローネ様はやはりマローネ様。
アビラ　我ら二人、どこまでもあなたをお支えしますぞ、マローネ様。
五右衛門マロ　よろしく頼むよ。お前達。

そこに現れる前田玄以と捕り方達。

玄以　そこまでだ、五右衛門。
五右衛門マロ　五右衛門じゃないよ。
玄以　ぬ。まさかまた誰かに変装を。
五右衛門マロ　違う違う。いいよ。五右衛門で。どうせこの身体は五右衛門のもんだ。
玄以　なにをわけのわからんことを言っている。盗みに火付けなどしおって。いつものお前らしくないぞ。
五右衛門マロ　当たり前よ。五右衛門じゃないもん。
玄以　ぬぬ。

五右衛門マロ　故郷にも帰れずこんな身体になって、こうなったら、こんなアジアの猿どもの国なんて無茶苦茶にしてやるの。あんたらが溜め込んでるお宝全部奪って私の物にしてやるから、覚悟しなさい。

玄以　ふん。とうとう悪党の本性現したな。この前田玄以の目の黒いうちはそんな勝手はさせるものか。やれい、お前達。

襲いかかる捕り手達。相手をするエスパーダと五右衛門マロ、アビラ。
捕り方達を相手に大立ち回りの五右衛門マロとエスパーダの活躍で捕り方はみなやられ、玄以一人、アビラとエスパーダに追い詰められる。

玄以　ぬぬぬ。

エスパーダ　いかがいたします。

五右衛門マロ　やっちゃいなさい。

玄以　貴様、京都所司代を殺すというのか。

五右衛門マロ　こんな国の役人一人殺そうがしったこっちゃないわ。

アビラ　了解ざんす。

二人得物をふりかざす。

そこに響く女の声。

女　ちょっと待った！

と、拍子木。一人の女性が傘で姿を隠して現れる。傘をあげると天狗の面に赤い着流しに二本差し。

五右衛門マロ　誰だ！

女　月は東に嵐山、都を賑わす悪党どもを天にかわりてこらしめる。誰が呼んだか紅天狗‼

五右衛門マロ　そ、その声は。

女、天狗の面を投げ捨てる。マローネである。
いや、肉体はマローネだが意識は五右衛門。
ここより表記をマローネ五右とする。

マローネ五右　久しぶりだな、石川の、五右衛門の、やさ、マローネ！

五右衛門マロ　あんたは五右衛門！

アビラとエスパーダを打ち払い、玄以を助けるマローネ五右。

マローネ五右　（玄以に）ここは俺にまかせて、早く。

玄以　おお、紅天狗と申したか。このご恩忘れませぬぞ。（五右衛門マロに）覚えておけよ、五右衛門。

玄以、とっとと逃げ去る。

マローネ五右　俺の身体を使って悪逆非道の数限り。黙って見過ごしたとありゃあ、この五右衛門の男がすたる。女だけどね。

五右衛門マロ　ふん。今更この身体を取り戻しにでも来たのかい。あの時、轟天摑んでいくらやっても戻らなかったのを忘れたか。

マローネ五右　まったくな。あの場は、風魔の忍び達も襲ってきたし、ゴタゴタを畏れて、俺もお前も轟天もバラバラに逃げ去った。でもな、俺の身体でこれほどの無茶をするとは思わなかったぞ。

五右衛門マロ　天下の大悪党石川五右衛門、さすがにこの顔は都の悪党どもによく効くね。一声かけりゃああんたを慕う手下達がぞろぞろ集まってくる。うまく言いくるめて、大盗賊団作るのもわけはなかったよ。こんな姿になっちゃあ、故郷に戻って旦那に会うわけにもいかなくなった。こうなったら、このニッポンの富も力も全部手にして、面白おかしく暮らしてやるのよ。

マローネ五右　そうはさせねえ。

と、刀を構えるマローネ五右。
そこに駆けつける右京とお仙。

右京　待った待った待ったあ！

お仙　マローネ。またなんかよからぬことを企んでるね。

右京　俺らはお前と組んで悪事はやったが、今は改心して五右衛門についてる。五右衛門、ここは俺たちにまかせてくれ。

五右衛門マロ　おう、頼むよ。

マローネ五右に打ちかかる右京とお仙。

マローネ五右　お前ら、盗みはすれど非道はせず。殺しはしねえんじゃなかったのか。いつ宗旨替えした。

右京　五右衛門が宗旨替えしたんだ。俺らはあの人についていくだけ。
お仙　あんたに口出しされる筋合いはないよ、マローネ。
マローネ五右　アビラとエスパーダまで従えてるのに、なんでおかしいと思わないんだ。お前ら、もう少し自分の頭で考えろ。

と、うちかかるお仙と右京の得物を打ち落とすマローネ五右。

マローネ五右　頭、冷やしてこい！
右京・お仙　うわわあ！

右京とお仙、マローネ五右の攻撃に吹っ飛ばされ去って行く。

五右衛門マロ　相変わらず口ばっかりの連中だね。おどきおどき。だったらあたしが相手になるよ。

と、襲いかかる五右衛門マロ。マローネ五右、剣を受けるが、体力の違いか五右衛門マロにおされる。いったん離れるマローネ五右。息切れしている。

五右衛門マロ　ふふん。どうしたい、息切れかい。

マローネ五右　てめえ、もう少し基礎体力つけとけよ。
五右衛門マロ　こんなこともあろうかと、身体をなまらせておいたのよ。
マローネ五右　嘘つけ。

と、五右衛門マロ、マローネ五右の刀を弾いて飛ばす。

マローネ五右　ち。
五右衛門マロ　覚悟なさい、五右衛門。
アビラ　よろしいのですか、マローネ様。
五右衛門マロ　なにが。
アビラ　そやつを殺すと、もう二度と元の身体には。
五右衛門マロ　戻れないってかい。それが無理だってことはさんざん試してわかっているわ。憎いこいつが私の顔でずっと生きてるくらいなら、私の手でこの世から消した方がよっぽどせいせいする。
マローネ五右　敵ながらいい覚悟じゃねえか。
五右衛門マロ　その余裕のある口ぶりも今日までよ。じゃあね、アディオス五右衛門、そしてマローネ・ド・アバンギャルド。

剣を振り下ろそうとした時、手裏剣がとんでくる。それを剣ではじく五右衛門マロ。

五右衛門マロ　誰⁉

と、姿を見せる風魔忍群の招鬼黒猫、人犬太郎、紅蜘蛛御前、鎌霧之助。

人犬　人犬太郎。
黒猫　招鬼黒猫。
紅蜘蛛　紅蜘蛛御前。
鎌霧　鎌霧之助。
人犬　喰らい。
黒猫　爪立て。
紅蜘蛛　絡めて。
鎌霧　斬り裂く。
四人　獣の力を身に宿す。我ら、風魔が誇る忍び四獣士。

鎌霧之助だけは包帯を巻いている。

マローネ五右　（鎌霧に）お前、生きていたのか。

鎌霧　ふ、この鎌霧之助は不死身よ。死ぬか生きるかの瀬戸際をくぐり抜けて、こうやって現場に復帰したのだ。（と、咳き込む）

紅蜘蛛　だいじょうぶかい、鎌霧。

黒猫　無理するんじゃないよ。

五右衛門マロ　不死身っていうより、ただ無理してるだけでしょ。

鎌霧　やかましい！　お前に俺の何がわかる。何度も人間の限界超えた俺じゃ、黙っとれい！（と、叫ぶと同時にプツンと切れる）あ。（と、倒れる）

紅蜘蛛　鎌霧！

黒猫　無理するから！

人犬　しっかりしろ！

三人、倒れた鎌霧に駆け寄る。絶命している鎌霧。様子を見て手遅れだと首をふる人犬。

黒猫　……だから寝てろって言ったのに。

紅蜘蛛　また、何もしないうちに死んじゃって。

人犬　いや、奴は俺達と一緒に名乗りが出来た。きっと、本望だ。

　　嗚咽をこらえ、うなずく三人。

人犬　おのれ、五右衛門！　貴様だけは、貴様だけは許さない!!
五右衛門マロ　いや、私のせいじゃないでしょ。
人犬　問答無用だ！
黒猫　喰らえ！
紅蜘蛛　死ねい！

　　と、五右衛門マロに襲いかかる人犬、紅蜘蛛、黒猫。が、全員一撃で五右衛門マロにやられる。

犬・猫・蜘蛛　ううう。（と、全員うずくまる）
五右衛門マロ　何しに出てきたの、あんたら。
犬・猫・蜘蛛　お頭、お願いします、お頭～!!

　　と、現れる轟天。後に続く典膳。轟天、人相が悪くなっている。

轟天　呼んだか、お前達。

犬・猫・蜘蛛　轟天のお頭‼

五右衛門マロ　お頭？

轟天　その通りだ。この剣轟天、風魔のお頭になったのだよ。

典膳　轟天殿は、風魔の秘術、天地逆転の秘文書を体内に宿した。

轟天　つまり、この俺が風魔で一番偉いということだ。一番偉い男がお頭になる。当然のことじゃないか。

マローネ五右　いいのか、戯衛門。

典膳　俺は元々、頭になるのはいやだったからな。むしろ大歓迎だ。

人犬　お願いします、轟天のお頭！

と、轟天、すがりつく人犬、黒猫、紅蜘蛛をボコボコに叩きのめす。

紅蜘蛛　いたいいたい。

黒猫　なんでこんな。

轟天　じゃかましい！　五右衛門相手に簡単にやられやがって。そんなみっともない奴らが俺の手下ってだけで腹が立つんだよ。

と、三人を殴り飛ばす轟天。三人、ひたすらあやまる。

三人　ごめんなさいごめんなさい。
典膳　もういいでしょう、轟天殿。
轟天　ふん、この負け犬どもが。鎌霧連れてとっとと消えやがれ！

人犬、黒猫、紅蜘蛛。倒れた鎌霧を連れて逃げ去る。

轟天　ふふん。風魔の首領、剣轟天の恐ろしさ思い知ったか。
五右衛門マロ　何偉そうに言ってんのよ。だったら天地逆転使いこなしなさいよ。
轟天　え。
五右衛門マロ　たまたま一回、うまくいっただけで、そのあとはいくらやっても使えなかったくせに。何が風魔の首領よ。ふざけるな。
轟天　うるせえうるせえ。それは俺のせいじゃない。きっとお前達に問題があるのだ。
マローネ五右　責任転嫁に、部下に対する理不尽な暴力。地位に溺れた、一番ダメな上司のパターンだな。
轟天　弱い手下なら必要ねえ。（五右衛門マロに）五右衛門、いやマローネ、ああ、どっちでもいいや。てめえのタマは俺がいただく。

五右衛門マロ　いいわよ、別に。こんなの邪魔なだけだもん。

エスパーダ　マローネ様、それは。

アビラ　痛いですよ、すごく痛い。

五右衛門マロ　そうなの。

男全員、うなずく。

五右衛門マロ　じゃ、やだ。

マローネ五右　俺達の身体が入れ替わっても、まだ狙うのか。

轟天　五右衛門の子孫が俺を狙う以上、万が一ってことがある。念には念を入れさせてもらうぜ。

と、五右衛門マロに襲いかかる轟天。

五右衛門マロ、轟天の勢いに押される。

五右衛門マロ　なに。

エスパーダとアビラ、五右衛門マロに加勢する。

エスパーダ　マローネ様！

アビラ　ご加勢を。

轟天、アビラを一撃で吹っ飛ばす。エスパーダの剣も腕で受ける。

エスパーダ　ぬう。

轟天　風魔流忍拳轟天、鋼化形態。今の俺は気合いを入れなくても身体を鋼の硬さにすることができる。

エスパーダの剣を素手で掴むと奪い取り放り投げる轟天。そのあと彼を殴り飛ばす。

五右衛門マロ　やるわね。

典膳　体内の秘文書の力か、轟天殿の能力が上がっているのだ。

轟天　秘文書？　違うな。これはお竜さんの腰巻きの力。彼女の愛が俺のパワーになっているのだ。喰らえ、奥義金轟玉砕拳‼

と、マローネ五右が五右衛門マロをかばって轟天の拳を刀で払う。

五右衛門マロ　おや、かばってくれるの。

マローネ五右　その身体、傷つけさせるわけにはいかねえ。

轟天　どけ、俺が用があるのは五右衛門の身体だけだ。

マローネ五右　そうはいかねえ。俺はまだ、自分の身体に戻ること、あきらめちゃいないんでな。

五右衛門マロ　ふうん。じゃあ、ここはあなたにおまかせするわ。退くわよ、アビラ、エスパーダ。

アビ・エス　は！

煙り玉を投げる五右衛門マロ。その隙に逃げ出す五右衛門マロ一党。

マローネ五右　あ、おい。

轟天　待て、こら。

五右衛門マロのあとを追おうとする轟天に立ちふさがるマローネ五右。

轟天　鬱陶しい奴だな。

マローネ五右　どうした轟天。すっかり悪役みてえな口ぶりになってるぞ。
轟天　だからどうした。
典膳　それも秘文書の副作用だ。
マローネ五右　戯衛門、お前もお前だ。いいのか、こんな奴が風魔の頭で。
典膳　どうでもいい。今の俺は全てがどうでもいい。
マローネ五右　え。

首からぶら下げているポシェットのような愛妻袋。そこからおリカ人形を取り出す典膳。

典膳　おリカが口をきいてくれないのだよ。長崎から戻って以来いくら語りかけても何も答えてくれない。彼女の心は壊れてしまった。
マローネ五右　壊れてんのはお前じゃないのか。
典膳　(マローネ五右の言葉は無視して人形に熱く語りかける) よしよし、暑いのかい。(手で仰ぎ) ほうら、これで涼しくなった。大丈夫だよ、おリカ。お前は病気なんだ。必ず俺が直してみせる。
マローネ五右　だから病気はお前じゃ……。
典膳　とにかく、俺はおリカの看病で忙しいのだ。風魔の首領なんかやってる暇はない。

轟天　人のこと心配してる場合かよ！

打ちかかる轟天。
ふるうマローネ五右の剣を素手で受ける。

マローネ五右　く。

轟天、マローネ五右をボコボコに殴る。

轟天　どうしたどうした。その身体じゃあ、お前の力の半分も使えねえようだなあ、五右衛門。
マローネ五右　誰のせいだよ。
轟天　あ、俺か。そいつは悪かったな！

と、轟天、マローネ五右の刀を取り上げるとその腹に拳を撃ち込む。
吹っ飛んで倒れるマローネ五右。
と、倒れたマローネ五右を隠すように強大な○×パネルが現れる。

轟天　なんだ。

不知火の声がする。

不知火（声）　ここで問題です。「このパネルの裏にいるのは、ナイスミドルのビジュアル系忍者である」さあ○か×か。

轟天　どうでもいいんじゃーい！

と、パネルをマローネ五右から奪った刀で斬る。

不知火（声）　はい、答えはばーつ！

パネルの後ろに立っているのはお竜。

轟天　お、お竜さん。

お竜　は～い。

典膳　お竜！

と、お竜を見るといつもの轟天に戻る。

轟天　いやだなあ、お竜さんならお竜さんと言ってくれなきゃ。
典膳　……元に戻った？
轟天　お竜さん、あなたの腰巻き、肌身離さず、いえ、身体の一部になって大事にしてます。
お竜　ありがとう。（と、ウインク）
轟天　はああ。（と、悶える）
お竜　チラッ。（と、足をチラ見せ）
轟天　おうおうおう。

悶絶して、転がる轟天。

お竜　戯衛門、あんたなら五右衛門とマローネの戻し方知ってるんじゃないのかい。
典膳　……知らんな。今の俺には関係ない。

と、そこに現れる宝田と不知火。

宝田　五右衛門は救った。
不知火　逃げますぞ、お竜どの。

と、倒れていたマローネ五右を抱えている宝田と不知火。とっとと逃げ出す。

お竜　戯衛門。
典膳　たとえ知っていたとしても誰が教えるか。お竜、貴様のせいでおリカが。おリカが。
貴様だけは絶対に許さんぞ！

説得をあきらめて、お竜も逃げる。
まだ地面に転がっている轟天。

典膳　轟天殿、お竜は去りましたぞ。いつまで悶えておられる。

が、轟天は苦しんでいる。

轟天　ぐ、ぐうう。（うめく）
典膳　どうした、轟天殿。

轟天　は、……腹が、腹が、焼ける……。ぐわあああ。

のたうち回る轟天を冷たい目で見る典膳。

典膳　……秘文書の副作用が身体中に回っているか。……この男もここまでかな、おリカ。

だが、人形は答えない。典膳、ため息をつく。

——暗　転——

【第七景】

京の都。ひなびた居酒屋。親父が一人で切り盛りしている。
そこに入って来る五右衛門マロ。

五右衛門マロ　よ。
親父　らっしゃい。お一人様。
五右衛門マロ　うん。

適当に座る五右衛門マロ。

五右衛門マロ　じゃ、冷やで。あと、あたりめ。
親父　へい。

親父、酒とするめを持ってくる。

五右衛門マロ　早いね。
親父　それが取り柄で。
五右衛門マロ　(呑んで) くうー、沁みる。この国は嫌いだけど、日本酒だけは、ちょっといいわね。
親父　へえ。
五右衛門マロ　親父さん、一人でこの店やってるの。あ、そう。いいね。一人も。あたしはいっつも取り巻き引き連れててね。チヤホヤされるのはいいんだけど、たまには一人になりたいこともあるわ。だいたいさ、なんでこんなふざけた姿に。これじゃ、国に戻っても旦那が相手してくれやしない。頭も衣裳も重いし、もうほんといや。わかる、ねえ……て、親父いないし。

と、愚痴り出す五右衛門マロ。いつの間にか店の親父は姿を消している。

日替わりゲストが来る場合はここでゲストが入って来る。

親父にかわり五右衛門マロがホスト役になり、「何のむ」と飲み物を出しながら、それなりに世間話をする。適度に話したら、ゲストは引き上げる。

また、一人になる五右衛門マロ。

五右衛門マロ　……ちょっと、お酒。お酒ないわよ。

顔を隠した店員が代わりの酒を持ってくる。

店員　へーい。

酒をおく店員。その店員を見ている五右衛門マロ、店員を捕まえ顔を見る。人犬太郎である。

五右衛門マロ　あんた、風魔の。
人犬　人犬太郎で。

と、紅蜘蛛御前と招鬼黒猫も現れる。

五右衛門マロ　ふうん。一人になるとこを狙ってたってわけか。さすが、忍びね。いいとこついてくる。でも、あんたらみたいなコメディアン忍者、三人がかりでも勝てると思って？
三人　ふっふっふ。もちろん思っておりません！

五右衛門マロ　はい？

人犬　私の尻尾を見て欲しい。

と、自分の尻尾を見せる人犬。そこに白旗がついている。

五右衛門マロ　白旗？　降参ってこと？

三人　図星！

人犬、五右衛門マロの足下に駆け寄りペロペロと手をなめる。そのあと寝っ転がって腹を見せる。

黒猫　もう完全に降参の姿勢です。

紅蜘蛛　ほら、なでてなでて。

人犬の腹をなでろと勧める紅蜘蛛。

五右衛門マロ　ふざけるな。

と、人犬の腹を打つ五右衛門マロ。
苦しむ人犬。

黒猫　人犬。
紅蜘蛛　ふざけてなどいません。我らのお頭はあなたしかいない。そう思っているのです。
五右衛門マロ　ふうん。轟天はどうしたの。
人犬　あいつはもう駄目です。天地逆転の秘文書を呑み込んだ副作用が出たのか、のたうち回って苦しんでる。使い物になりやしません。
紅蜘蛛　典膳様もずっと人形遊び。
黒猫　長崎まで行って取り戻したおリカ様だったのに、逆効果でした。
人犬　これもすべて真砂のお竜のせい。あいつがおリカ様を拐かさなければ、こんなことにはならなかった。
紅蜘蛛　轟天がいない今、我らがあなたと戦う理由はない。むしろ憎いのは真砂のお竜。
黒猫　そしてあやつとつるむ五右衛門たち。
人犬　なんでも言うこと聞きます。マローネ様が我ら風魔をお導き下さい。
紅蜘蛛　死んだ鎌霧之助も、草葉の陰でそれを望んでいます。

頭に三角の布をつけた鎌霧之助が現れて、五右マロに向かって頭を下げる。

五右衛門マロ　いや、それいらないから。

泣く泣く消える鎌霧之助の幽霊。

五右衛門マロ　だけど、お前達の気持ちはわかった。いいわ。だったら、面倒見てあげようじゃない。

犬・猫・蜘蛛　ありがとうございます。

五右衛門マロ　風魔も手に入った今、あとは五右衛門の始末だけね。きなさい、あんた達。

犬・猫・蜘蛛　は！

三人を引き連れて立ち去る五右衛門マロ。

——暗　転——

【第八景】

ぬらくらの森。

包帯を巻いたマローネ五右。お竜が様子を見ている。不知火、宝田、ウマシカ、ふんどし、悪ガキ1・2も周りにいる。

お竜　どうだい、調子は。

マローネ五右　ああ、随分いい。

お竜　マローネの身体なのに無茶するから。

マローネ五右　俺の顔で悪さされるのは、どうにも気持ち悪くてな。しかし、お前たちが助けてくれるとは。

と、不知火と宝田を見る。

不知火　このばってん不知火、手段のためなら目的を選ばない人生を送るうち、目的ばかりか手段もなにもかも見失ってしまい、すっかりわけがわからなくなりました。こうなればいっそのこともっとも自分がやらないことをやってみるかと、善人の道を選んだのです。

宝田　轟天さんは呑み込んだ秘文書の影響で、本当におかしくなっている。前からおかしい人でしたが、まだ愛嬌があった。今のあの人はただ凶暴なだけ。あれじゃ、未来につれて帰れない。

お竜　この男もあんたとマローネを元に戻したがってるんだよ。

マローネ五右　元に戻ったらまた俺を狙うのか。

宝田　それはその時考えます。

マローネ五右　おいおい。

ウマシカ　ねえ、いつまで難しい話してるの。（と、宝田にベタベタする）

宝田　あ、ごめんごめん。（と、にやける）それにこんな可愛いガールフレンドもできましたし。

マローネ五右　妙な趣味だな。

ウマシカ　あん。

マローネ五右　ま、人の女の趣味どうこういうのも野暮か。先のこと心配しても仕方ねえ。とりあえず、この状況をなんとかしなくちゃだな。

お竜　そういうこと。あんたならなんとかなるよ。

そのやりとりを聞いていた悪ガキ1と2、地面にツバを吐く。

悪ガキ1　け！
悪ガキ2　け！
マローネ五右　？
悪ガキ1　さいてーだな。
悪ガキ2　さいてーだ。
悪ガキ1　なんだ、そのなんか、俺達仲間だぜ、みたいなちょっといい雰囲気。
悪ガキ2　そんなのおらたちのマローネ様じゃない。
ふんどし　んだ。マローネ様はもっとわがままで強欲で。
ウマシカ　ひとりよがりで怒りっぽくて。
四人　だが、それがいい。
悪ガキ1　俺達の尻を赤くなるまでぶちそうでぶたない、わがままな女王様さいこー。
悪ガキ2　俺達をベーコンにしそうでしない、いじわるな女王様さいこー。
悪ガキ1　お前みたいな物わかりのいい奴。
悪ガキ2　マローネ様なんかじゃない。
ウマシカ　そう。私達は私達の女王様を取り戻す。

ふんどし　だから、協力するだに、五右衛門。

と、四人、マローネ五右に手をさしのべる。
四人の妙なテンションがよくわからないが、とりあえずうなずくマローネ五右。

マローネ五右　お、おう。
お竜　とりあえず、しばらく傷を治すのに専念して。あたしはちょっと気になることがあるから。
マローネ五右　戯衛門のことか。
お竜　ご明察。じゃ。

と、駆け去るお竜。

ふんどし　じゃ、おら達は飯の仕度だ。
ウマシカ　ちょっと待っててね、アンディ。ほら、いくよ。

と、悪ガキ1、2を連れてふんどしとウマシカが去る。
残るマローネ五右、宝田、不知火。

宝田　……五右衛門さん。身体が元に戻っても子供をつくらないと約束してくれませんか。
マローネ五右　……俺の子孫てのは、あんたらの時代でそんなに阿漕なことをやってるのかい。
宝田　ええ。
マローネ五右　……やっぱり、そいつは約束出来ねえなあ。俺だって人の子だ。女に心底惚れたらそいつと一緒に子供を持ちたくなるかもしれねえ。今、いいかげんな返事は出来ねえ。
宝田　でも、そうじゃないと、僕らはあなたと戦わなきゃならなくなる。
マローネ五右　……。
不知火　五右衛門と戦うのは○か×か。まったく難しい問題ですな。

と、そこに現れる風魔の黒猫、人犬、紅蜘蛛。

紅蜘蛛　そんな問題考えることはない。
黒猫　マローネ様が五右衛門をやっつける。
人犬　それですべて解決だ。
マローネ五右　風魔。
宝田　なぜここが。

不知火　あ、それは私が。
宝田　なにい。
不知火　五右衛門を助け善人として日々を過ごすことで、本来の自分が取り戻せました。もう迷わない。迷わずに裏切れる。
宝田　何言ってんだよ。
マローネ五右　しょうがねえなあ。

と、刀を持つマローネ五右。

不知火　おおっと。うかつに動かない方がいい。

と、右京とお仙が、ふんどし、ウマシカ、悪ガキ1・2に刀を突きつけて現れる。

右京　おとなしくしろ。
お仙　こいつらがどうなってもいいのかい。
マローネ五右　てめえら、まだ。
宝田　ウマシカ。
ウマシカ　アンディ。

ウマシカ、宝田に寄ろうとするが、お仙に阻まれる。

紅蜘蛛　お竜の姿がないね。

黒猫　ふん、すばしっこい女だよ。

人犬　まあいい、とりあえず五右衛門を捕まえろってのがマローネ様のご命令だ。

不知火　なに、こやつを捕らえればお竜も姿を見せましょう。

マローネ五右　（森の連中をさし）こいつらは関係ない。この連中は見逃してくれ。

黒猫　いいんじゃない。こんな奴ら。

人犬　ああ。お竜以外は、どうでもいいクズどもだ。

紅蜘蛛　ま、逆らえば叩き潰せばいいだけのことよね。

人犬　いやいや、逆らう勇気なんかないだろう．なあ、クズ。

ふんどし　ぐぐぐ。

悔しい森の連中達。

宝田　させるか。

と、銃を構える宝田。

人犬　なんだそりゃ。

黒猫　鉄砲かな？

紅蜘蛛　あんな小さいのが？

宝田　みんなを放せ。

と、脅しで銃を撃つ。が、弾は出ない。引き金をひくが何度やっても弾は出ない。

宝田　く。弾切れか。

右京　なにふざけたことしてんだよ！　このタマ無し野郎！

右京、宝田をぶん殴る。

マローネ五右　やめとけアンディ、もういい。

と、刀を投げ捨てるマローネ五右。

マローネ五右　さ、連れてってくれ。

風魔達、マローネ五右を捕らえる。

右京　よし。

と、森の連中を解放する右京とお仙。

宝田　五右衛門さん。

マローネ五右　さっきの問題、よく考えとけよ。

宝田　え。

不知火　よし、連れて行け。

紅蜘蛛　偉そうにしてんじゃない。

不知火　あ、すみません。

マローネ五右を連れて立ち去る風魔三忍と右京、お仙、不知火。見送る宝田と森の連中。

ふんどし　くっそー。あいつら、おら達をクズ扱い！

宝田　……く！　タマがなきゃこんなもの何の役にも立たない。（と、銃を投げ捨てる）俺は銃がなきゃなにもできないのか。この時代じゃなにも……。

落ち込む宝田。

ウマシカ　……アンディ。落ち込まないで。

悪ガキ１　そうだ、落ち込む時はドングリ食え。

悪ガキ２　そうだ、秘密のドングリだ。

宝田　……ドングリ？

悪ガキ達を見る宝田。

――暗　転――

【第九景】

風魔の屋敷。
今は五右衛門マロが本拠にしている。
その奥に牢がある。牢の奥、何かに布きれがかぶさっている。
と、人犬と紅蜘蛛が縛ったマローネ五右を連れてくる。

人犬　まもなくマローネ様がお戻りになる。
紅蜘蛛　お前の処分はそこで決まる。それまでここでおとなしくしてろ。

と、牢の中にマローネ五右を入れると去って行く二人。

マローネ五右　やれやれ。

と、奥の布きれの中の人の気配に気づく。

布を剥ぐマローネ五右。
そこに、弱った轟天が倒れている。

マローネ五右　轟天か。

弱々しく答える轟天。

轟天　……お前、マローネ。いや五右衛門だったか。
マローネ五右　どうしたんだ、そんなボロボロになって。……秘文書の毒のせいか。
轟天　秘文書じゃねえ。こりゃあお竜さんの腰巻きだ。
マローネ五右　まだ、そんな事言ってるのか。
轟天　やかましい。俺の力になりこそすれ、毒になるわけがねえ。
マローネ五右　相当弱ってるのに減らず口か。その思い込みだけは大したもんだな。
轟天　なに余裕こいてんだよ。てめえのその口ぶり、ほんとに気に入らねえぜ。
マローネ五右　余裕こいてるつもりはねえ。かなり追い詰められてたよ。もう打つ手はねえ。
轟天　……。
マローネ五右　ここでお前に会うまではな。
轟天　なに。

マローネ五右　お前が生きてくれててよかった。その秘文書もまだ腹に収めたままで。
轟天　なに言ってんだ。
マローネ五右　お前が前のままでいてくれたらきっと俺とマローネは元に戻れる。
轟天　そううまくいくか。
マローネ五右　時を超えてきたお前だって、元の時代に帰る方法はあるんだろう。
轟天　まあな。
マローネ五右　術って言うのはそういうもんだ。何にだって元に戻す方法はある。
轟天　さんざん試してうまくいかなかったじゃねえか。
マローネ五右　何かが足りなかったんだよ。

と、牢の外で物音がする。

マローネ五右　いけねえ。そろそろお迎えかな。

と、懐からブラジャーとパンティーを出す。

轟天　これは。
マローネ五右　俺のじゃねえ。お竜のだ。もしもの時のためにちょろまかしといた。

轟天　なに。だが、この時代にこんな下着は。

マローネ五右　前に南蛮にいたことがあってな。この乳押さえも下履きも、お竜に土産で買ってきた。

轟天　じゃあほんとにお竜さんの。

手に取るが、胸が痛み苦しみ出す轟天。

轟天　ぐあああ！

マローネ五右　轟天。

轟天　（ブラジャーを放り投げ）だめだ、俺はもう駄目だ。きれいな女の下着も堪能出来ねえ。こんな俺はもう死んだ方がましだ！

泣き喚く轟天をマローネ五右が平手打ち。

マローネ五右　甘えるな！

轟天　……え。

マローネ五右　てめえがほんとに女の下着が好きなら、その思い貫き通せ。そんな生半可な男じゃ、とても俺には勝てねえぞ。

轟天　てめえ、まだ……。
マローネ五右　俺は盗っ人だ。盗られたものは必ず取り戻す。
　　そこに人犬と紅蜘蛛がやってくる。
人犬　マローネ様がお戻りだ。こい、五右衛門。
マローネ五右　（轟天に）俺は俺を取り戻す。最後まであきらめねえ。お前もお前を取り戻せ。
　　マローネ五右を殴る紅蜘蛛。
紅蜘蛛　静かにしな。その男は廃人だ。何を言おうが無駄なことだよ。
人犬　ふん。負け犬同志が無駄な遠吠えを。さ、とっとと来い。
　　マローネ五右を連れて行く人犬と紅蜘蛛。
　　うずくまっていた轟天がつぶやく。
轟天　……馬鹿野郎。俺は逃げられるんだ、こんな牢。

と、腕のタイムフックのスイッチに手をかける。躊躇する轟天。

轟天　……こっちで死ぬかあっちで死ぬかの違いだけか……。（スイッチから手を放す）

と、落ちていたお竜の下着を見つめる。
ゆっくりブラジャーに手を伸ばす轟天。
指が触れる。胸に激痛がはしる。

轟天　く！

いったん放す轟天。だが、再び挑む。
ブラジャーに触れる轟天。苦しい。胸を押さえる。だが、その胸をおさえ、ブラジャーを手に触れる。

轟天　ワチャ……。

だが痛いので手を引っ込める。手を触れひっこめを繰り返す。触れる度に怪鳥音を発する轟天。

轟天　……ワチャ、……ワチャ。

　　気合いを込めてブラジャーに手を伸ばす轟天。

轟天　アチョォーッ‼

　　ブラジャーをしっかり摑む轟天。
　　轟天のテーマが響く。

轟天　ワタ！　ワタタ！　アチョッ！　アチョオーッ‼

　　ブラジャーをヌンチャクのように振り回す轟天。その姿凛々しい。

轟天　アチョオオオオオッ‼

　　振り回したブラジャーを左手でヌンチャクのように小脇に挟み、右手の平を開いて前に突きだしポーズを決める轟天。

轟天　五右衛門。このブラジャー、確かにいただいた！

胸の痛みを克服し、轟天、完全復活する。

――暗　転――

#【第十景】

処刑場。広場の真ん中に火あぶりの台が設置されている。
待ち構えている五右衛門マロ、不知火、アビラ、エスパーダ、右京、お仙。
マローネ五右を連れてくる紅蜘蛛と人犬。
マローネ五右、西洋の貴婦人の服を着せられている。

五右衛門マロ　来たわね、五右衛門。
マローネ五右　こんな服に着替えさせて何のつもりだ。
五右衛門マロ　何言ってるの。仮にもヨーロッパ一の貴婦人、マローネ・ド・アバンギャルドの最期よ。そのくらい優雅な姿で死んでくれなきゃ、アバンギャルド伯爵の名に傷がつく。いや、この私のプライドが許さない。
マローネ五右　それで火あぶりの準備か。まったく念の入ったことだぜ。
五右衛門マロ　炎に焼かれて私の美しい肉体は天に帰る。あんたのさもしい精神は地獄に落ちる。さ、準備を始めなさい。

火刑台にマローネ五右をくくりつける紅蜘蛛と人犬。
その間に黒猫が典膳を連れてくる。

黒猫　さ、典膳様、急いで急いで。処刑に遅れますよ。

五右衛門マロ典膳　あら、典膳。あんた来ないんじゃなかったの。

マローネ五右典膳　俺はさほど興味はないのだがな。おリカの刺激になるかもしれんと思い直した。

長年の知り合いなのに、冷たい言い草だな。

黒猫　(五右衛門を無視して) ごらん、おリカ。今から火あぶりが始まるよ。人が焼けちゃうんだよ。大変だねえ。

典膳様、おいたわしい。

右京とお仙が火のついたたいまつを持ってくる。

五右衛門マロ　よし、火をかけなさい。

右京・お仙　はい。

と、マローネ五右の下に置かれた薪に、火をつけようとする。

そこに颯爽と現れる轟天。マローネ五右にもらったブラジャーとパンティーを身につけている。

轟天　そうはさせねえ！

と、右京とお仙を殴り飛ばす。

五右衛門マロ　轟天！
轟天　いま五右衛門を殺させるわけにはいかねえ。
マローネ五右　どうやらてめえを取り戻したようだな。
轟天　ああ、お前からもらったこのランジェリー、俺の心と体にバッチリフィットするぜ。
五右衛門マロ　ふん。変態格闘家一人出てきた所でなんになる。お前達片付けてしまいなさい。

と、風魔下忍たちが轟天に襲いかかる。
それを一蹴する轟天。

轟天　なめるな。このブラジャーとパンティーはただのブラジャーとパンティーじゃない。お竜さんの愛がこもったプロテクトアーマーだ。今の俺こそ完全武装パーフェクト

五右衛門マロ　轟天！　熱い、熱いぜ、お竜さん！
　やっぱ変態じゃん。
轟天　その通り！　ただし、俺の変態は鋼の筋金入りだ！　コォォォォォォッ！

と気合いを入れポーズを取る轟天。

五右衛門マロ　エスパーダ。
エスパーダ　おまかせを。

と、轟天に向かおうとするところに銃声。エスパーダの足が止まる。
宝田が銃を持って出て来る。その後ろからウマシカ、ふんどし、悪ガキ1と2。

宝田　轟天さん、復活したんですね。
轟天　おう、アンディか。
右京　その鉄砲。弾切れじゃなかったのか。
宝田　このガキ達がドングリと間違えて隠してたんだ。
悪ガキ1　秘密のドングリ、硬くて食べられない。
悪ガキ2　ガッカリだ。全部お前にやる。

宝田　というわけだ。もうタマ無しとはいわせない。

宝田、銃を撃って牽制する。

宝田　ウマシカ、今のうちに五右衛門を。
ウマシカ　まかせて、アンディ。

と、ウマシカがマローネ五右の縄をほどく。

マローネ五右　すまねえ。
ふんどし　見たか。マローネ様の身体を燃やさせはしないだに。
紅蜘蛛　貴様らクズが生意気なんだよ。

と、鉄鞭をふるう。が、悪ガキ1と2がその鞭を尻で受けて笑う。

悪ガキ1　そんな鞭、きかないぞ。
悪ガキ2　全然、きかないぞ。
紅蜘蛛　なに。

悪ガキ1　マローネ様の折檻で鍛えられたこの尻に。
悪ガキ2　お前のなまくら鞭が効くものか。
悪ガキ1　打てるものなら打ってみろ。
悪ガキ2　さあさあ。
悪ガキ1・2　さあさあさあさあさあ。

と、紅蜘蛛ににじりよる。
その尻の、なんとも言えない気色悪さに気圧されるマローネや風魔達。

紅蜘蛛　ぬぬぬぬぬぬぬぬ。
アビラ　マローネ様。
エスパーダ　ここはひとまず。
五右衛門マロ　わかった。
不知火　逃げ足ならばおまかせを。
典膳　いくぞ、おリカ。

と、五右衛門マロ、アビラ、エスパーダ、不知火、典膳が立ち去る。

轟天　待て、この野郎。
マローネ五右　追うぞ、轟天。
轟天　おう！

マローネ五右と轟天があとを追って去る。

右京　待て、こら。

と、そのあとを追おうとする右京とお仙、黒猫、人犬、紅蜘蛛の前に立つ宝田、ウマシカ、ふんどし、悪ガキ1と2。

宝田　おっと、ここは通さないぞ。
右京　そうはいくかな。お仙。
お仙　ええ。私達の実力、見せて上げましょう。

と二人、得物を構えて華麗に振り回す。
宝田とウマシカ、二人の間に挟まれる。

右京　死神右京と
お仙　くれくれお仙。
右京　二人の刃が交わる時。
お仙　紅の血潮が舞い上がる。
右京　行くぞ必殺！　死神！
お仙　くれ紅《くれない》の舞！

と、勢いよく襲いかかろうとする時、宝田とウマシカ、無表情で銃を撃つ。宝田の銃は右京、ウマシカの銃はお仙に命中。

右京・お仙　あ。（と、二人倒れる）
宝田　ナイス、ウマシカ！
ウマシカ　はーい、アンディ！

と二人ハイタッチ。

悪ガキ１　とっとと来い。
悪ガキ２　さっさと来い。

負傷した右京とお仙を連れて去る悪ガキ二人。啞然としている人犬、黒猫、紅蜘蛛。

人犬　なんの。まだまだ。

と、気を取り直し鎌を二本かまえる。

人犬　俺達は風魔が誇る忍び四獣士。たとえ鎌霧之助が倒れようと、奴の鎌が俺達と一緒に戦う。貴様らのようなふざけた連中がかなうと思うか。

と、ふんどしに襲いかかる。が、その鎌をふるう人犬の腕を押さえるふんどし。

ふんどし　なってねえなあ。そんな鎌の使い方じゃ、雑草一本刈れないだに！

と、人犬の二本の鎌を奪い取るふんどし。

人犬　なに。

ふんどし　おらが鎌の使い方を教えてやるだに。
　黒猫　生意気な。
紅蜘蛛　クズはしょせんクズだってこと思い知らせてやろうじゃない。

　　と、人犬、自分の刀を、黒猫と紅蜘蛛はそれぞれの得物でふんどしを囲む。

ウマシカ　ふんどし！
ふんどし　ふんどしじゃねえ。前から言おうと思っていたが、おらの名前は礒平だに！
　三忍　死ねえ！

　　と、ふんどしに襲いかかる。が、華麗な鎌さばきで彼らを瞬殺するふんどし。
　　倒れる人犬、黒猫、紅蜘蛛。

ふんどし　鎌使いなら村一番だに！

　　ポーズを決めるふんどし。
　　駆け寄る宝田とウマシカ。

ウマシカ　すごいな、ふんどし。
ふんどし　礒平だ。
　宝田　よし、いこう。

と、轟天達のあとを追う三人。

×　　　×　　　×　　　×

別の場所。
駆け込んでくる五右衛門マロ、アビラ、エスパーダ、不知火、典膳。

　アビラ　ささ、こちらです。マローネ様。
五右衛門マロ　なんか、これ、やなパターンね。

と、追いつく轟天。下着ははずしている。かわりに動きの邪魔にならないような小ぶりのバッグを身につけている。

　轟天　追いついたぞ、マローネ。
五右衛門マロ　轟天。
　轟天　おっと、なぜ愛のプロテクトアーマーを解除したか聞きたいか。

五右衛門マロ　いや、別に。
轟天　（話は聞かず）それは勿体ないからだ。あまり外気にさらすと大事な香りが逃げてしまうからな。（と、バッグをポンポンと叩く）
五右衛門マロ　だから聞いてないし。
轟天　だが、俺とランジェリーは一心同体。今もハートはパーフェクト轟天だ。なめてかかると火傷するぜ。
エスパーダ　マローネ様。ここは私が。

と、そこに現れるもう一人の五右衛門。いや、五右衛門の姿に変装したマローネ五右だ。いやいや、正確に言えば五右衛門マロのふりをしているマローネ五右だ。ややこしいが仕方がない。

マローネ五右　お待ちなさい、エスパーダ。
エスパーダ　え。
マローネ五右　そのマローネ五右は偽物。本物のマローネはこの私です。
五右衛門マロ　あのね。
不知火　な、なんと！　五右衛門、いや五右衛門の身体を持つマローネ様が二人！
エスパーダ　まるで瓜二つ！

アビラ　どちらがどちらか区別がつかない！
五右衛門マロ　（マローネ五右をさして）あからさまに仮面でしょ。典膳、なんとか言って。
典膳　わからない。どちらがどちらかわからない。
轟天　おおお、俺にもわからん！　どうなっているのだ⁉
五右衛門マロ　ばかね、あんたらみんな、ばかね。もういい、自分のことは自分でするわ！

と、変装したマローネ五右に襲いかかる五右衛門マロ。
それをかわして、マローネ五右、変装の仮面をとる。

一同　五右衛門！
マローネ五右　そこまで驚かれるとこっちが照れるね。

と言いながら五右衛門の服もぬぐ。

五右衛門マロ　そんなことして何のつもり。この身体がある限り、あなたは絶対に私にかなわない。
マローネ五右　そんなこたあ、わかってるよ。俺はただ、ちょっと時間稼ぎができればよかった。
五右衛門マロ　なに。

と、そこに駆けつけるお竜。

お竜　待たせたね、五右衛門。
マローネ五右　こいつが来るまでのね。
五右衛門マロ　え？

典膳に向かうお竜。轟天とマローネ五右は五右衛門マロとエスパーダを牽制する。
腕に自信の無いアビラと不知火はただオロオロしている。

典膳　お竜、貴様。何しに来た。
お竜　あんたに会いにさ。この罪を償いにね。
典膳　そうか、おとなしくその首差し出しに来たか。（持っていたおリカに話しかける）おリカ、今お前の恨み、晴らしてやる。（お竜に）死ね！

と、刀を抜いてお竜に向かう。
お竜、懐から新しいおリカ人形を取りだし、典膳の前に突きつける。

典膳　（動きを止め）それは。

お竜　これが本当のおリカさんだよ。
典膳　え。（と、自分が持っていたおリカと見比べる）
お竜　あんたが持ってるのは偽物だ。よおく見比べてご覧。
典膳　え？　え？（二つの人形を見比べる）

と、典膳、お竜が持っている方の人形から声が聞こえる。

おリカ（声）典膳様！　私です、典膳様！
典膳　おリカ！　おリカなのか！
おリカ（声）はい！　おリカです、典膳様‼

典膳、自分が持っていた人形を遠くに放り投げると、お竜の手からおリカ人形をひったくり、抱きしめる。
以下、おリカの芝居は、典膳が持って行う。

典膳　会いたかった！　会いたかったぞ、おリカ‼
おリカ（声）典膳様〜！
典膳　（お竜に）でもなぜ？

お竜　確かに私はあんたのおリカさんを盗んだ。そして、京都の公家に売っ払った。でもね、その公家は熱烈な収集家で、他人に譲るなんて考えられない。ましてや長崎なんかで見つかるなんてどうもあやしい。公家の家を確かめたら、ちゃんとおリカさんは飾られてた。だから連れ戻してきたんだよ。

典膳　じゃ、あれは。（と、投げ捨てた人形を思う）

お竜　ただの人形さ。あんたの手下は、長崎で悪質な業者に偽物を摑まされたんだよ。

典膳　くううう。この宇賀地典膳、一生の不覚。

お竜　さ、天地逆転のやり方、教えておくれよ、戯衛門。

マローネ五右　遺恨は消えたはずだ。お前なら知ってるだろう。

典膳　……し、しかし。

と、おリカが典膳の頰を叩く。

おリカ（声）　ばか！

典膳　……おリカ。

おリカ（声）　いつまでグズグズ言ってるの！　しっかりしなさい、典膳‼

典膳　は、はい。（キリッとして）轟天、二人を摑め。

轟天　え？　あ、おう。

それまで、あまりの出来事に、事の成り行きを眺めていた轟天、五右衛門マロ、エスパーダ、アビラ、不知火も気を取り直す。

五右衛門マロ　しまった。あまりのことにぼんやり見ていた。

不知火　逃げますぞ、マローネ様。

と、逃げようとする五右衛門マロ達の前に宝田とふんどしとウマシカが現れる。

宝田　おとなしくしろ！

銃を突きつけ、エスパーダとアビラと不知火を取り押さえる。

五右衛門マロ　く。

と、抵抗するが轟天とマローネ五右、五右衛門マロを押さえつける。

轟天　逃がすかよ。

轟天、五右衛門マロとマローネ五右の腕を掴む。

典膳　不知火、電撃だ！

不知火　え。

典膳　やれ。

と、刀を突きつける。

不知火　は、はい。忍法不知火電撃‼　うおおおおお！

と、轟天、五右衛門マロ、マローネ五右に不知火の電撃が直撃する。

感電する三人。

不知火の電撃が終わり放心している五右衛門、マローネ、轟天。

お竜　五右衛門……？

五右衛門が答える。元に戻ったのだ。

五右衛門　おう。
宝田　やった。五右衛門の顔をした五右衛門だ。
典膳　元に戻ったか。

と、マローネが叫ぶ。

マローネ　（轟天の声真似で）うおー、なんだ、この身体は!?　剣轟天、女になってしまったぜ!　クコォォォォォ!（と、気合いを入れる）

一同驚く。轟天も驚く。

轟天　ええー!　俺が女に!?　五右衛門、大変だ、俺がマローネになっちまった!

その轟天の言動に他の人間は、マローネの芝居であることに気づく。

五右衛門　やめろ、マローネ。往生際が悪いぞ。
マローネ　（自分の口調になり）ただ元に戻るのは面白くないでしょう。ま、こんな手にひっかかるのはそのバカくらいでしょうけど。

宝田　この男はどうします？（と、不知火をさす）

不知火、気を失っている。

典膳　電撃の使いすぎで気を失ったようだ。屋敷に連れて行こう。

五右衛門　ありがとよ、戯衛門。いや、宇賀地典膳か。

典膳　ああ。おリカも戻った以上、風魔のお頭、しっかりつとめなければならないからな。

お竜、これで貸し借り無しだ。

お竜　ほっとしたよ。

典膳　いくぞ、おリカ。

おリカ（声）　はい。典膳様。

典膳　じゃあな。（不知火を起こし）ほら、さっさとこい。自分を見失わないように、風魔で鍛え上げてやる。

不知火　ええー。

典膳、不知火を連れて立ち去る。

五右衛門　あとはお前だ、マローネ。俺の身体を使っての悪事三昧。さすがに見逃すわけにはいかねえ。

マローネ　今更じたばたしないよ。煮るなと焼くなと好きにしな。

五右衛門　だいぶこの国の流儀に染まったようだな。いい覚悟だよ。

エスパーダ・アビラ　マローネ様！

マローネ　騒ぐんじゃありません。マローネ・ド・アバンギャルド。貴族の誇りは忘れていません。

刀を抜く五右衛門。

と、駆け込んでくる悪ガキ1と2。五右衛門の前に立ちはだかる。二人、両手を広げてマローネを守る。

悪ガキ1　俺達の尻叩けるのは女王様だけだ。

悪ガキ2　俺達、女王様じゃなきゃ感じないだ。

五右衛門　お前ら……。

ふんどしとウマシカも悪ガキ達と並ぶ。

ふんどし　こんなひどい人だけど、おら達、このひどさが癖になってるだ。これからはこの人の我が儘はぬらくらの森でおさめるから、ここは見逃して下せえ。

マローネ、驚いて森の民達を見ている。

五右衛門　……わかった。連れてけ。（と、刀をおさめる）
マローネ　見た、五右衛門。これが人の上に立つってことよ。よく覚えておきなさい。でも私だけじゃ困る。アビラとエスパーダも一緒よ。
宝田　え。
五右衛門　かまわねえ、放してやりな。

解放されるアビラとエスパーダ。

アビラ　マローネ様。
エスパーダ　ありがとうございます。
マローネ　あなた達がいないと誰が私の世話をするの。行くわよ。みんな。

マローネ、アビラ、エスパーダ、悪ガキ1と2、ふんどし去る。

お竜　いいの？

五右衛門　あいつが悪さする時は、またとめればいいだけの話だ。

轟天　あー、びっくりした。なあ、アンディ。俺は俺だよな。

宝田　まだ、動揺してたんですか、轟天さん。

轟天　だって、俺はてっきりマローネが俺になったかと。

五右衛門　おかしな野郎だなあ、お前は。だが、おかげで助かった。

お竜　轟天、秘文書は？

轟天　さっきの電撃のショックで、腹の中で燃えつきたよ。

五右衛門　天地逆転の秘術もお前の胃袋で消えたわけだ。

お竜　えええ。いい金になると思ったのに。

五右衛門　あきらめろ、お竜。

轟天　あとは、てめえとの決着だけだな。

宝田　轟天さん。

五右衛門　そうか、まだそいつが残ってたか。

轟天　ああ、俺はそのためにこの時代にきた。

五右衛門　どうしてもやるってのか。

轟天　……いや、やめた。

五右衛門　え。
轟天　帰るぞ、アンディ。
宝田　でも。
轟天　五右衛門、おめえを見ててわかったよ。男だったら目の前のことをなんとかするのが筋だ。おめえのタマを潰すより、自分の時代に戻って、俺を狙う奴らを叩き潰す。
五右衛門　できるのか。
轟天　心配は無用だ。
五右衛門　そうだな。てめえならやれるな。
轟天　おう。

二人、うなずきあう。

宝田　……わかりました。戻りましょう。
ウマシカ　アンディ。
宝田　僕らの間には四〇〇年という年の差がある。わかってくれ、ウマシカ。
ウマシカ　ひ、ひどいー。

ウマシカ、駆け去る。

宝田　ウマシカ。
五右衛門　しょうがねえなあ。こい、アンディ。俺が話をつけてやる。

と、宝田と五右衛門、ウマシカのあとを追う。
残る轟天とお竜。
轟天、バッグからお竜のブラジャーとパンティーを出す。

轟天　ほらよ。
お竜　あ、それ。私の舶来物の下着。いつのまに。
轟天　五右衛門から渡されたよ。こいつのおかげで俺は俺を取り戻せた。
お竜　道理で、なんか身体がスースーすると思った。
轟天　だが、こいつは五右衛門とおめえの絆。俺もスーパーランジェリーソムリエだ。他人の絆、未来に持って帰るわけにはいかない。
お竜　よくわかんない。
轟天　いいから返す。
お竜　いいよ。もってきな。
轟天　え。

お竜　好きにしていいよ。
轟天　そうか。こいつは、俺とお前の絆になったということだな。
お竜　あんたが身につけて延びきってんだよ。今更着られやしないでしょうが。
轟天　その言葉、愛の想いと受け取っとくぜ。だが、俺も時の旅人、お前の気持ちには応えられねえ。
お竜　もう帰っていいかな。
轟天　いや、去るのは男の仕事だ。女はただ、男の背中を見送ってくればいい。
お竜　はいはい。
轟天　アンディ、話はついたか！
宝田　はい！

と、飛び出してくる宝田。よほどの愁嘆場があったのか、宝田ボロボロになっている。

お竜　ほんとに話、ついたの？
宝田　ええ、もうきれいさっぱり。
轟天　戻るぞ、21世紀に！
宝田　はい、轟天さん‼

二人、タイムフックのスイッチを押す。
輝きが二人を包む。

——暗　転——

【第十一景】

閃光。

スーパーインターポールのアジト。

第一景で轟天と宝田が時間跳躍した直後。

但しインターポールダンサーズはいない。

ネエコ・マケ、クイーンロゼ・ゴージャス、ダークナイト16、インビンシブル・ブラックキッド、Dr.チェンバレンがセイント死神を取り囲んでいる。

まぶしい光に目が眩む一同。

と、そこに立っている轟天と宝田。

宝田　大丈夫ですか、轟天さん。
轟天　ああ、無事に戻ってこれたようだな。
宝田　ここから先は無事じゃないようですが。
死神　轟天くん。五右衛門はどうした。奴のタマは潰したのか。

轟天　いや。
死神　なぜだ。何のために君を過去に送ったと思ってるんだ。
轟天　心配するな。スーパーインターポールもこの俺の命も、全部この手で守ってやる。
　　　こいつらを全員、ぶっつぶしてな。
ダークナイト　我々をつぶす？
ネエコ　そんなことがあなたに出来て。
轟天　やってみなくちゃわからねえだろう。
死神　やれやれ。君にはがっかりだよ、轟天くん。君なら五右衛門に煮え湯を飲ませてくれると思ったが。まあいい、別の人間を探して過去に送るまでだ。ブラックゴーモンの諸君、そいつらをとっとと始末したまえ。
轟天　裏切ったのか、死神。
死神　裏切ったのではない。私もまたブラックゴーモンの幹部。
チェンバレン　セイント死神は我々ブラックゴーモンの二重スパイ。スーパーインターポールに潜り込み情報を流した。
クイーンロゼ　インターポールが潰滅したのも、こいつのおかげさ。
ブラックキッド　五右衛門のタマ潰し作戦を考えたのも、こいつだよ。
轟天　なんだと。お前達、五右衛門の子孫じゃねえのか。
死神　その通り。それはお前を過去に飛ばすための嘘。

宝田　いったい、なんのために。
死神　私の本当の名前は、ローゼン・ド・アバンギャルド。
宝田　アバンギャルド？　まさかマローネの旦那の。
死神　その通り。私の先祖はアバンギャルド伯爵。彼の妻マローネがアジアの盗賊、石川五右衛門に手ひどい目にあわされた結果、アバンギャルド家は没落した。先祖の復讐をするため、私は時間跳躍装置を発明したのだ。
轟天　すげえ執念だな。
死神　ここまで知った以上、貴様らを生かしておくわけにはいかない。さあ諸君、そいつらを始末しよう。
クイーンロゼ　まかせて！

と、襲いかかるブラックキッドを殴り倒す宝田。

ネエコ　おのれ！

と、ネエコの攻撃もかわし叩きのめす宝田。

ネエコ　こいつ、こんなに強かった？

死神　宝田、お前。
宝田　宝田じゃねえよ！
轟天　お前、まさか！

と、宝田の変装を解き、素顔を見せる五右衛門。

五右衛門　天下の大泥棒、石川五右衛門様だ!!
轟天　五右衛門！　なんで、お前が!?
五右衛門　俺の子孫が悪さしてるんだ。その始末をお前一人にまかせるわけにはいかねえと思ったが、まさかマローネの旦那の子孫だったとはな。
轟天　じゃ、宝田は。
五右衛門　俺の時代でウマシカとよろしくやってるよ。こいつらを叩きのめしたら、時間跳躍機とかで俺と入れ替わればいい。
死神　そううまくいくものか。やれ、お前達!!

と、ブラックゴーモンの部下が出現。
チェンバレン、ダークナイト、ブラックキッドとあわせて五右衛門と轟天を取り囲む。

轟天　おうおう、ぞろぞろと。
五右衛門　やるか、轟天。
轟天　いいんじゃない。

と、ブラックゴーモンと五右衛門、轟天の戦い。手下達を叩きのめす五右衛門と轟天。

ダークナイト　おのれ。
チェンバレン　だが我々は一味違うぞ。
ブラックキッド　死ね！

と、襲いかかるが、彼らも倒す五右衛門と轟天。一人になる死神。

死神　ぬぬぬぬぬ。おのれ五右衛門、おのれ轟天。たとえ一人になろうとも、先祖の恨み決して決して（とすごむが）忘れます！　すみませんでした！（と、電光石火の土下座）と、謝るとみせかけてからのダッシュ！（と、逃げ出す）
五右衛門　そんなことだろうと思った。

轟天　逃がしゃしねえ！

と、二人、先回り。轟天、死神にパンチ。

死神　む、無念。（と、倒れる）

悪党達を退治して見得を切る二人。

五右衛門　時を越えてもはびこるワルに、鉄槌下す大悪党。姓は石川、名は五右衛門。

轟天　（気合いを入れ拳法の形を決める）コォォォォォーッ、コォオオオッ、クオォォォォッ！

剣轟天‼

五右衛門　男伊達ならこの二人。

轟天　冥土の土産に。

二人　あ、覚えておきな‼

と、すっくと立つ二人。

チョーンッと拍子木が響き渡る。

《五右衛門VS轟天》——終——

あとがき

劇団☆新感線も35周年だ。

結成されたのが、いのうえひでのりが大坂芸大在学中の1980年。

沢田研二が『TOKIO』でパラシュートを背負って歌い、PANTA&HALがアルバム『1980X』をリリースした、そんな時代。

そのころ、僕といのうえは福岡で企画集団ももカンという、別の劇団をやっていた。

東京と大阪、それぞれ別の地域に進学した僕達は、春休みと夏休みを使って稽古をし、だいたい8月末と3月末に福岡市内のホールを借りて公演を打っていた。

福岡の高校演劇で知り合った知人友人達と一緒にやっていたという流れもあり、最初はその頃自分では演劇っぽいと思っていたテイストの作品を書いていたのだが、悩みながら一年かけて書き上げたその頃にしちゃあ入魂の芝居が、終わってみるとどうにも自分の中に違和感が残ってしまい、だったら自分は何をやれば一番納得出来るのか。当時、東京で観た小劇場がどれもこれも、なんだかつかもどきであったり唐もどきであったり、なんとも先輩の借り物のような感じがして、やっぱり自分が一番信用しているものをやらなきゃいかんよなあ、じゃあ自分が一番好きな物ってなんだろう。演劇よりはマンガや映画だよな。じゃあ、そういうものを舞台に乗せてやれと決意して、『もう麦メシは食わない』という、大学が完全管理体制を敷いた学園都市で貧民学生が牛肉が食いたいがために反乱を起こすというギャグ活劇を一ヶ月くらいでハイテンションで書き上げ、公演したら非常に評判もよく、自分自身もこれだこれでいいんだと大いなる手応えを感じたのが、同じ1980年だった。

そう考えると、のちのち新感線で自分が書いていく手法も、劇団と同じ時期に生まれている。

まあ、早い話が、僕もいのうえも二十歳の時に始めたことを、ここまでやってこれているということだ。

これは本当にありがたいことだと思う。

いろいろな人や出来事の巡り合わせでここまでこれたのだなと改めて感謝感謝である。

で、『五右衛門VS轟天』だ。

「35周年はお祭りだからいのうえ歌舞伎ではなくネタ物や音物でいこう、主役は古田で」というオファーがプロデューサーから来て、さて何がやれると考えて、やっぱり五右衛門しかないよなあ、この間シリーズ最終作かもと言ったけど、はっきりやめるとは言ってないし。どうせお祭りにするんならいっそ轟天復活もどうだろうというアイディアが出て、この企画と相成った。

毎回、劇団員にどんな役をふるかで苦労するのだが、だったら、今回は他の登場人物も過去の新感線の芝居に出てきたキャラにしてしまえ、名前だけで設定が違うものもあるが、周年イベントならこういうのも楽しいだろう。そういう意味での新感線オールスターキャストだと決めた。

古田新太主役の五右衛門シリーズは僕が書いてきたもの、橋本じゅん主役の剣轟天シリーズはいのうえひでのりが書いてきたものではあったが、台本を書く上ではそれほどのストレスはなかった。轟天と言えば、人の話は聞かず己の欲望で突っ走る男だが、そういうタイプの人間はそれなりに自分も書いてきた。

五右衛門シリーズの活劇テイストに轟天シリーズのハチャメチャなキャラをくわえて、それなりにナンセンスでそれなりにカタルシスのあるホンになったと思った。

だが、しかし、もし、実際の上演を観てからこの戯曲を読まれた方がいるなら、こう思うだろう。

「なんで、こんなに違うんだ」

そう。実際の新感線の上演とは大きく違う。

「俺の轟天はこんなに上品じゃねえ」と思ったのか、いのうえが大幅に書き直しているのである。五右衛門パートはそれほどでもないが、轟天や彼が過去書いたキャラに関しては、相当ネタが足されている。

さすがは日本演劇界のラーメン二郎。増し増しに増し増され、くどくしつこくボリューミー。いや、まいりました。

今回の『五右衛門VS轟天』、実は〝中島VSいのうえ〟でもあったりするのだ。

まあ、35年たっても、こんなに大人げないことができるのが、新感線の良さだし。これが出来る以上、まだまだ走っていけるとは思っているのですが。

と、いうわけで、この戯曲は『五右衛門VS轟天』中島バージョンとでもお考え下さい。どちらも楽しんでいただければ、嬉しいのですが。

二〇一五年五月

中島かずき

◇上演記録
2015年劇団☆新感線35周年 オールスターチャンピオンまつり
『五右衛門VS轟天』

《公演日時》
【大阪公演】 シアターBRAVA!(10周年記念シリーズ)
2015年5月27日(水)~6月30日(火)
主催:ヴィレッヂ サンライズプロモーション大阪
協力:シアターBRAVA!
後援:FM802 FM COCOLO

【福岡公演】 キャナルシティ劇場
2015年7月11日(土)~20日(月・祝)
主催:ヴィレッヂ キョードー西日本 サンライズプロモーション大阪
西日本新聞社 九州朝日放送
協力:キャナルシティ劇場

【東京公演】 赤坂ACTシアター
2015年7月29日(水)~9月3日(木)
主催:ヴィレッヂ
制作協力:サンライズプロモーション東京

《登場人物》

石川五右衛門……………………………古田新太
剣 轟天……………………………………橋本じゅん

真砂のお竜…………………………………松雪泰子
セイント死神／ばってん不知火…………池田成志
アンドリュー宝田…………………………賀来賢人

マローネ・ド・アバンギャルド…………高田聖子
Dr.チェンバレン／からくり戯衛門（宇賀地典膳）…粟根まこと

アビラ・リマーニャ………………………右近健一
インビンシブル・ブラックキッド／人犬太郎……河野まさと
前田玄以／ぬらくら森の悪ガキ1…………逆木圭一郎
クイーンロゼ・ゴージャス／紅蜘蛛御前……村木よし子
カストロヴィッチ北見／鎌霧之助…………インディ高橋
招鬼黒猫……………………………………山本カナコ
ふんどしと呼ばれる男……………………礒野慎吾
死神右京……………………………………吉田メタル
風谷のウマシカ……………………………中谷さとみ
くれくれお仙………………………………保坂エマ
ネエコ・マケ／ぬらくら森の悪ガキ2……村木 仁

ダークナイト16／エスパーダ　……………川原正嗣（東京公演）
……………安田桃太郎（大阪・福岡公演）
はがね太郎　……………冠　徹弥
ひげ紋次　……………教祖イコマノリユキ

ブラックゴーモン部下／捕り方／ふんどし一味／風魔忍者／盗賊
武田浩二　藤家　剛　加藤　学　川島弘之　安田桃太郎
伊藤教人　南　誉士広　熊倉　功　藤田修平（大阪・福岡公演）
桃色インターポーラーX／算盤ダンサー／からくり少女隊／ぬらくら森の動物／他
上田亜希子　蔦村緒里江　谷　須美子　吉野有美
おリカ（声）……………新谷真弓
ナレーション　……………菅原正志

〈BAND〉
高井　寿（Guitars）　福井ビン（Bass）　松田　翔（Drums）

≪STAFF≫

作：中島かずき
潤色・演出：いのうえひでのり
作詞：森 雪之丞
音楽：岡崎 司
振付：川崎悦子（BEATNIK STUDIO）

美術：池田ともゆき
照明：飯泉 淳（FAT OFFICE）
衣裳：小峰リリー 竹田団吾
音響：井上哲司（FORCE）
音効：末谷あずさ（日本音効機器産業）
大木裕介（SoundBusters）
殺陣指導：田尻茂一・川原正嗣（アクションクラブ）
アクション監督：川原正嗣（アクションクラブ）
ヘア&メイク：宮内宏明（M's factory）
小道具：高橋岳蔵
特殊効果：南 義明（ギミック）
映像：上田大樹（&FICTION!）
大道具：俳優座劇場舞台美術部
歌唱指導：右近健一
演出助手：山﨑総司 大塚 茜
舞台監督：芳谷 研 八木 智

宣伝美術：河野真一

宣伝画：寺田克也
宣伝写真：相澤心也
宣伝メイク：西岡達也　柴崎尚子　石田絵里子

宣伝・公式サイト制作運営：ディップス・プラネット
宣伝：浅生博一（ヴィレッヂ）
票券・広報：脇本好美（ヴィレッヂ）　倉前晴奈
制作デスク・法務：小池映子（ヴィレッヂ）
制作助手：大森祐子　山岡まゆみ　高畑美里（ヴィレッヂ）
制作補：辻 未央（ヴィレッヂ）

制作：柴原智子（ヴィレッヂ）
エグゼクティブプロデューサー：細川展裕（ヴィレッヂ）

企画・製作：ヴィレッヂ・劇団☆新感線

中島かずき（なかしま・かずき）
1959年、福岡県生まれ。舞台の脚本を中心に活動。85年4月『炎のハイパーステップ』より座付作家として「劇団☆新感線」に参加。以来、『髑髏城の七人』『阿修羅城の瞳』『朧の森に棲む鬼』など、“いのうえ歌舞伎”と呼ばれる物語性を重視した脚本を多く生み出す。『アテルイ』で2002年朝日舞台芸術賞・秋元松代賞と第47回岸田國士戯曲賞を受賞。

K. Nakashima Selection Vol. 22
五右衛門 vs 轟天

2015年5月20日　初版第1刷印刷
2015年6月1日　初版第1刷発行

著　者　中島かずき
発行者　森 下 紀 夫
発行所　論　創　社
東京都千代田区神田神保町 2-23　北井ビル
電話 03（3264）5254　振替口座 00160-1-155266
印刷・製本　中央精版印刷
ISBN978-4-8460-1447-6　

K. Nakashima Selection

Vol. 1—LOST SEVEN	本体2000円
Vol. 2—阿修羅城の瞳〈2000年版〉	本体1800円
Vol. 3—古田新太之丞 東海道五十三次地獄旅 踊れ！いんど屋敷	本体1800円
Vol. 4—野獣郎見参	本体1800円
Vol. 5—大江戸ロケット	本体1800円
Vol. 6—アテルイ	本体1800円
Vol. 7—七芒星	本体1800円
Vol. 8—花の紅天狗	本体1800円
Vol. 9—阿修羅城の瞳〈2003年版〉	本体1800円
Vol. 10—髑髏城の七人 アカドクロ／アオドクロ	本体2000円
Vol. 11—SHIROH	本体1800円
Vol. 12—荒神	本体1600円
Vol. 13—朧の森に棲む鬼	本体1800円
Vol. 14—五右衛門ロック	本体1800円
Vol. 15—蛮幽鬼	本体1800円
Vol. 16—ジャンヌ・ダルク	本体1800円
Vol. 17—髑髏城の七人 ver.2011	本体1800円
Vol. 18—シレンとラギ	本体1800円
Vol. 19—ZIPANG PUNK 五右衛門ロックIII	本体1800円
Vol. 20—真田十勇士	本体1800円
Vol. 21—蒼の乱	本体1800円